Louis Saïs

Les perles du matin

Les perles du matin

© 2018, Louis Saïs

Edition : Books on Demand,
12/14 rond-Point des Champs-Elysées, 75008 Paris
Impression : BoD - Books on Demand, Norderstedt, Allemagne
ISBN : 9782322163441
Dépôt légal : Octobre 2018

Il avait plu un peu durant la nuit, une pluie très fine d'été, insignifiante, sans conséquences, mais le matin tout était mouillé car l'atmosphère saturée d'eau, profitant de l'absence totale de vent, avait déposé, bien avant l'aube, de la rosée partout dans le jardin.

Seules les grandes feuilles des hortensias retenaient encore de-ci de-là quelques gouttes d'eau directement tombées du ciel. Le portail en fer forgé qui fermait le jardin avait servi de support à trois ou quatre araignées, qui, dès que la pluie avait cessé, avaient tissé leurs toiles verticalement dans les interstices en forme de cœur.

Le ciel était maintenant tout bleu car le soleil, levé depuis longtemps en ce début d'été, avait évaporé les dernières volutes de brume et éclairait déjà le portail par-dessus la haie.

A contre-jour, toutes les toiles d'araignée apparaissaient alors comme des parures de perles fines montées sur des fils de soie, toutes nacrées, sur le fond vert-foncé des lauriers. C'étaient les perles du matin.

La coccinelle avait passé la nuit sous une feuille de rosier, après un bon repas trouvé sur place près d'une grande rose veloutée ouverte depuis la veille qui semblait la remercier de l'avoir aidée à éclore. La coccinelle l'avait, en effet, débarrassée de tous ces pucerons verts qui l'agaçaient lorsqu'elle était encore à l'état de bouton prêt à s'entrouvrir. Grâce à elle, la rose s'était épanouie majestueusement et à cette heure matinale elle parfumait déjà l'espace.

La coccinelle était orpheline. Ses parents avaient eu juste le temps de lui donner pour prénom, Idaé, avant d'être fauchés tous les deux par le grand couteau tournant d'une tondeuse. C'était le prix fréquemment payé pour que les humains puissent marcher sur du velours sans vraiment se mouiller les pieds. Les parents d'Idaé n'avaient sans doute rien senti tellement cela avait été rapide. Le couteau n'avait même pas ralenti, la Terre non plus d'ailleurs, car le monde dans son ensemble est indifférent aux micro tragédies qui ne l'ont jamais empêchée de tourner. Idaé avait su les détails de cette fin tragique car il y avait eu des rescapés. Elle n'avait pu recevoir de leur part aucun conseil pour débuter dans la vie, et ses tantes avaient déjà assez à faire avec leurs propres filles. Cela l'avait mûrie prématurément et elle paraissait plus que son âge à la fois dans ses gestes et dans ses paroles. Elle avait eu une enfance éphémère contrairement à ses supposées cousines qui riaient toujours comme des folles et ne pensaient qu'à s'empiffrer.

La coccinelle n'était pas seule sur ce rosier : il y en avait deux autres, elles aussi à sept taches noires, mais d'un rouge encore teinté de jaune, très jeunes, adolescentes, elles étaient nées quelques jours après elle.

Étaient-elles ses sœurs, ou ses cousines, comment aurait-elle pu le savoir ? Dans ce contexte de grande famille où les liens et les sentiments paraissent plus vrais qu'ils ne sont réellement elle se sentait en sécurité et les dangers de la vie lui semblaient bien lointains.

Le portail était très près du rosier où se trouvait Idaé. L'une des branches le frôlait dès que le vent soufflait, mais ce matin l'air était calme et bien que mal réveillée, les yeux encore embués, la coccinelle voyait les perles devant elle, si nombreuses, si belles, si près, un battement d'aile suffirait pour les toucher et en emporter une sur son dos. La tentation de se rouler sur l'une de ces toiles devint insupportable. Elle n'hésita pas longtemps, poussée par une envie subite, irréfléchie, d'être encore plus belle, plus belle que ses cousines, elle voulut voir de près les perles du matin et s'envola face au soleil.

Dès que la première patte toucha la soie, elle en apprécia le charme, la souplesse, l'élasticité, elle y posa une autre patte et se balança un peu comme le font les enfants, puis se dit qu'elle n'avait jamais dormi dans des draps en soie et frotta sur les perles l'aile qu'elle n'avait pas encore repliée. Elle était dans un univers élastique, oscillant, aérien, un univers dont elle ne soupçonnait pas le confort quelques instants avant : un univers de rêve.

Elle ne fut heureuse qu'un instant, car, au moment de se rétablir, son aile resta collée et ses autres pattes qui n'avaient pas encore touché la soie ne lui étaient d'aucun secours. « Ce n'est rien, ça ne peut pas être méchant se dit-elle. C'est tellement beau et je suis tellement bien. Je m'en sortirai toute seule avec un peu de patience.»

Mais à peine cette pensée lui avait traversé l'esprit, qu'elle vit à l'extérieur de la parure de perles, à l'extrémité d'un long fil bien plus épais que les autres, l'araignée toute velue qui la regardait.

L'araignée resta un instant immobile, le regard fixe, attendant que tout espoir de salut disparaisse pour la coccinelle et quand elle jugea que le moment était venu elle regarda le soleil pour vérifier qu'il n'était pas trop tôt pour déjeuner puis elle s'avança lentement, toujours sur le même fil, d'un pas assuré de propriétaire, les yeux toujours fixés sur l'aile engluée.

« Qu'y a-t-il au menu du petit déjeuner, ce matin ? Une jeune coccinelle ».

Idaé comprit d'instinct ce qui allait arriver. La première griffe de l'araignée touchait déjà son aile. Alors, quadruplant ses forces elle se remit debout et s'arracha de ce lit qu'elle avait trouvé si douillet. Mais la griffe de l'araignée ne céda pas et la coccinelle sentit une douleur intense lorsque son aile se déchira. Ce fut le prix de sa liberté.

Le prix de la liberté est toujours très lourd, beaucoup ont payé pour la liberté des autres en connaissance de cause, en offrant les années restantes, mais pour une adolescente ce prix peut devenir le poids d'une souffrance infinie.

*

Quand elle arriva péniblement sur le rosier, qu'elle n'aurait pas dû quitter, sur cette même feuille qui l'avait abritée la nuit précédente, elle se coucha un peu sur le côté, baissa la tête et renonça à replier son aile blessée qui la faisait souffrir. Elle se sentit honteuse. Elle resta ainsi longtemps, renfermée sur elle-même, sans rien dire, sans se plaindre, sans appeler personne, regardant avec indifférence les autres coccinelles se gaver de pucerons verts, pucerons stupides qui ne se donnaient même pas la peine de se sauver à leur approche. Outre sa douleur, elle eut comme un sentiment de culpabilité, comme si elle avait fait quelque chose de défendu qu'il faudrait bien finir par avouer, puisque les conséquences ne pouvaient pas en être cachées. Pendant combien de temps subirait-elle les reproches des adultes? Jusqu'à ce que son aile guérisse et que tout rentre dans l'ordre, car tout rentrerait dans l'ordre, pensait-elle.

Ce n'est que vers la fin de la journée que les deux adolescentes, déjà plus colorées que le matin, s'approchèrent suffisamment d'Idaé pour bien voir sa blessure et lui demandèrent ce qui lui était arrivé. Elles en furent effrayées car elles non plus ne se doutaient pas que de tels dangers puissent exister et elles la plaignirent de tout leur cœur. Elles l'aidèrent à replier son aile mais la douleur devint insupportable et il fallut renoncer. Ne sachant plus quoi faire elles allèrent sur les autres rosiers avertir celles qui pouvaient être leurs mères, leurs tantes, leurs cousines bien plus âgées qu'elles, ainsi que leurs oncles, cousins et peut-être leurs pères.

Tous arrivèrent d'un coup d'aile.

Magnifique réflexe de solidarité des membres de cette famille au chevet de l'une d'entre elles victime d'une agression. Mais le premier élan affectif passé, on chercha les responsabilités. La compassion ne dura qu'un jour.

Les deux adolescentes, maintenant de couleur adulte, bien qu'inexpérimentées, furent averties de ce qu'il encourt quand on laisse germer le moindre grain de fantaisie dans sa tête sans demander d'abord à la famille si cela est autorisé ou pas.

On leur fit bien comprendre que toute tentative d'émancipation entraînerait le rejet du clan si difficilement construit depuis des générations. Il y allait de l'honneur de la tribu des Septempunctata.

Le grand-père Tata avait combattu autrefois mais personne ne se souvenait plus vraiment contre qui, et sa photo avait, paraît-il, beaucoup jauni, au dire de ceux qui l'avaient vue récemment. Cependant elle restait l'image du Guide, celui qui avait fixé les règles du clan en dehors duquel tout n'est que dégénérescence. L'honneur était donc sacré depuis toujours, il était plus important que la vie. Les jeunes n'avaient pas connu Tata, ils n'en connaissaient que le chapeau, noir, de forme très bizarre et les dogmes qu'il avait laissés véhiculer oralement derrière lui, car il avait des difficultés pour écrire, et sur lesquels s'appuyait la morale du clan. Leurs parents en étaient maintenant les gardiens et plus tard, quand ceux-ci auraient disparu, ils prendraient la relève de façon automatique.

    Les arrière-petits-neveux, ainsi que les cousins les plus éloignés, portaient tous un chapeau identique à celui du guide pour afficher leur supériorité et s'imposer aux autres membres de la communauté. Ils étaient les seuls, prétendaient-ils, habilités à interpréter les dogmes érigés par le grand-père Tata.

    Avec ses frères, Tata avait créé la tribu des Aphidys, et pour préserver la race, ils s'étaient séparés des autres. Ils avaient décidé de ne manger que des pucerons pour ne pas oublier le temps des privations, l'époque où les pucerons étaient leur seul moyen de survie. C'était une époque très dure, il avait fallu s'adapter mais ils y pensaient avec fierté car elle avait forgé leur caractère tenace et déterminé. Dans son raisonnement primaire, le grand-père Tata s'était imaginé que le régime alimentaire influait sur la spiritualité des individus et comme il l'avait écrit quelque part et que les écrits de l'époque étaient rares, cela était devenu un dogme et plus personne chez les Aphidys ne discutait ce point doctrinal. Dès qu'une jeune coccinelle avait la mauvaise idée de se plaindre on ressortait l'histoire du grand-père Tata qui avait surmonté, sans rechigner des situations autrement plus dramatiques et n'ayant jamais connu d'autre raisonnement, elle se soumettait sans chercher à comprendre.

Et depuis ce temps-là, même en période de disette, même lorsque les insecticides réduisaient à néant les repas quotidiens, le fait de manger d'autres animaux était un affront au grand-père Tata. On ne mangeait pas n'importe quoi dans la religion du grand-père Tata.

Les sept blessures qu'il avait subies en s'exposant pour le bien de ses descendants étaient devenues le symbole du don de sa personne à la tribu et on avait vu apparaître sur le dos de ses enfants et petits enfants, et pour les siècles et des siècles, sept taches noires que même les plus fortes pluies n'arrivaient pas à effacer.

*

Le lendemain, la phase de compassion dont avait bénéficié Idaé était terminée.

On ne pouvait pas verser des larmes indéfiniment, c'était étaler inutilement sa faiblesse et chacun devait se positionner en fonction du rang qu'il occupait dans la hiérarchie de la famille. Les oncles d'abord étaient les plus prolixes. Ils criaient tous vengeance. Il fallait laver l'affront, ils allaient y aller, personne ne proposa de s'en charger tout seul, mais, tous ensemble, ils étaient assez nombreux, et feraient le nécessaire. Le prédateur allait regretter son geste, il n'aurait pas envie de recommencer.

*

Ils partirent décidés, chacun semblait montrer aux autres que lui seul aurait suffi mais consentait à partager la vengeance avec eux. Lorsqu'ils furent devant le portail en fer et que la grande toile de soie leur barra le passage, ils s'arrêtèrent net. Une feuille d'hortensia leur servit de plate-forme avancée, une sorte de providentiel mirador, pour se concentrer, juger du danger éventuel et définir une stratégie.

Du mirador, ils voyaient le camp adverse. Ils se regardèrent avant l'assaut final. Tout juste devant eux, l'araignée terminait son premier repas : le jeune papillon frémissait encore.

Alors, devant un ennemi si gros, si velu, si dangereux, pris de panique, glacés sur place, ils insultèrent l'araignée sachant qu'elle ne quitterait pas sa toile et qu'ils ne risquaient rien.

– Tu ne perds rien pour attendre ! lui dirent-ils à plusieurs reprises surtout pour se rassurer mutuellement. Aucun ne sonna la retraite, tous prirent la décision en même temps. Se venger, oui, certes, mais risquer le sacrifice suprême non !

Au retour, ils firent une description terrible du monstre qu'ils avaient côtoyé, ce qui en augmenta leur prestige dans la communauté car le seul fait de l'avoir approché, de l'avoir vu de près était déjà un exploit. Tous se persuadèrent que tôt ou tard l'occasion de venger l'honneur se présenterait même si le temps, ayant passé avec son grand balai, avait fait disparaître les conséquences du délit.

Les cousines de la coccinelle auraient voulu s'approcher d'elle, lui demander si elle se sentait mieux, si elle avait encore mal, lui faire savoir qu'elles étaient de son côté. C'était une question d'âge. Il y a des âges pour compatir et des âges pour réprimer. Elles se sentaient si proches, si prêtes à lui témoigner de l'affection, si tentées de s'identifier à elle, mais elles ne connaissaient pas très bien les règles des convenances et ce qui les laissait dans le doute était l'attitude des mères, des tantes, qui ne parlaient pas, qui semblaient attendre quelque chose avant de manifester leurs sentiments.

Dans le doute, les cousines se taisaient et regardaient la blessée d'un air neutre en se tournant parfois vers les tantes qui n'étaient pas encore disposées à leur dicter leur conduite mais dont le sang-froid, pour ne pas dire la froideur, les paralysait.

Toutes les tantes attendaient le moment propice.

Pendant plusieurs jours, même lorsque Idaé était immobile, le bas de son aile, toute blanche, toute translucide, dépassait de son élytre rouge, elle ne pouvait plus la replier complètement comme un jupon de dentelle qui aurait été déchiré pendant l'agression et qui ne tiendrait plus autour de la taille que par un fil.

Cela lui donnait un air un peu négligé, presque déluré, un manque de respect de soi pour quelqu'un qui aurait eu trop de principes et qui jugeait comme une mère sévère. Dans cette position, accroupie sur elle-même, que la décence lui imposait, elle avait mal, très mal, et ne se serait sentie soulagée qu'en soulevant un peu sa belle carapace rouge et étalant toute son aile bien à plat sur la feuille qui la supportait. Elle l'avait déjà fait quand elle était sûre que personne ne la voyait, mais à la moindre alerte elle repliait son aile et le supplice recommençait. Quel déshonneur ! Déjà deux ou trois autres de ses congénères à sept taches noires, celles qui savaient, la regardaient sans bouger au cas où elle commettrait le geste qui les conforterait dans leur mauvaise opinion d'elle.

Elle commençait à leur faire honte.

Peu à peu la douleur s'atténua et devint supportable. La coccinelle se fit une raison, elle ne volerait plus avec aisance et ses déplacements aériens seraient lourds et épuisants. Elle devrait donc les limiter au maximum et ne pourrait plus suivre ses compagnes de rosier en rosier chaque fois que l'une d'elles aurait envie d'entraîner les autres dans une course folle.

Elle commença par refuser leurs invitations puis bientôt on ne lui proposa plus rien en lui disant: On revient ce soir. C'est à cette période que la douleur disparut totalement mais son aile ne guérit pas et traînait constamment à côté d'elle. Elle était définitivement handicapée ; elle en prit son parti et décida qu'elle assumerait son état sans jamais se plaindre, en faisant en sorte de ne jamais être une gêne pour les autres et sans demander aucune aide. La seule chose qu'elle souhaitait était de faire partie entière du groupe qui l'avait vu naître et grandir.

Les coccinelles adultes, oncles tantes, cousins et cousines réunis, parlaient d'elle de plus en plus souvent. Elle s'en aperçut car ils se taisaient brusquement lorsqu'elle approchait et reprenaient leurs discussions quand ils jugeaient qu'elle s'était trop éloignée pour saisir vraiment ce qui se disait.

Elle entendit tout de même quelques bribes : « Puisqu'elle n'a plus mal, pourquoi ne participe-t-elle pas ? »

Un jour qu'elle somnolait sous une feuille, elle fut réveillée brusquement par un choc qui la fit osciller. Deux de ses oncles venaient de se poser avec fracas sur la feuille voisine.

« C'est vraiment une sale affaire, on n'avait pas besoin de ça. Dans son état, personne ne voudra d'elle. C'est une charge inutile. » Et l'autre approuvait sans rien dire. Elle ne le voyait pas mais son ombre traversait la feuille et cette ombre n'avait pas fait un geste pour la défendre.

Ce jour-là elle comprit pour la première fois qu'ils avaient cessé de l'aimer et en éprouva du chagrin. Mais ils n'étaient pas seuls, ces deux-là, il y avait les tantes, beaucoup de tantes qui avaient leur mot à dire et qui, elles, l'aimaient encore et peut-être plus qu'avant, pensait-elle.

Elle demanderait à ses cousines, elles étaient si proches, elles savaient ce qu'il en était, leurs parents ne se gênaient pas de parler devant elles. Juste pour se rassurer, pour le plaisir de s'entendre dire que la famille l'aimait encore. Dès qu'elle en aurait l'occasion, elle leur poserait la question adroitement sans brusquerie. Elle attendit que ses cousines se posent sur sa feuille ; elle disait toujours « sa feuille » car, depuis l'événement, elle la quittait si peu.

Mais ce jour-là les cousines ne vinrent pas sur sa feuille et le lendemain non plus. Le hasard, pensa-t-elle. Demain sûrement, demain.

Elle les voyait voler de rosier en rosier mais ne s'approchaient pas.

« C'est sans doute pour me laisser m'organiser à mon aise, les pucerons sont peu nombreux autour de moi, elles me les laissent pour moi toute seule. Si elles venaient me voir, elles ne pourraient pas s'empêcher d'en manger quelques-uns, elles sont si gourmandes mes petites cousines ! »

La coccinelle garda toutes ses illusions longtemps. Elle ne pouvait pas imaginer qu'il y avait une autre raison que le hasard si ses compagnes ne venaient pas. Quelle raison aurait-il pu y avoir ?

*

A la fin de la saison froide, une réunion de famille eut lieu. Le printemps allait arriver et il fallait se débarrasser au plus vite de cet objet qui dévalorisait le groupe. Dans cette communauté, une coccinelle aimant quelqu'un de marié était qualifiée de « créature » et une coccinelle handicapée d'« objet ». Un clan doit être homogène pour garder toute sa valeur et s'il y a un maillon faible il y a dévaluation, l'ensemble s'en ressent, on ne peut plus exhiber la fierté d'être parfait. Il faut réagir avant que cela ne se sache. Une tare, oui, elle était maintenant une tare.

L'hiver avait été humide et, pendant la dormance, les maladies avaient fait leurs habituels ravages, encore plus cette année que les années précédentes. La colonie de champignons s'était installée sans que les coccinelles s'en rendent vraiment compte et profitant de leur immobilité une couche de champignons mortels les avait recouvertes et plus de la moitié d'entre elles n'avaient pas survécu. Les survivantes s'étaient réveillées au milieu des cadavres, s'étaient reconnues, s'étaient comptées. Les oncles et les cousins plus âgés avaient payé le plus lourd tribu à la saison froide et il y avait un excès de tantes encore valides et surtout de jeunes cousines.

Contre toute attente et à la déception générale, déception d'autant plus insidieuse qu'il fallait garder un minimum de décence et ne pas l'afficher de façon outrée, Idaé avait survécu. Sans doute parce qu'elle avait très mal dormi, son aile ankylosée l'avait parfois réveillée et, en se frottant un peu sur l'écorce où elle reposait, elle avait partiellement chassé quelques minuscules prédateurs et s'était débarrassée de leurs substances nocives.

On ne pouvait pas la marier, personne ne voudrait d'elle ; il y avait tellement de belles coccinelles à disposition, les prétendants n'auraient que l'embarras du choix. Ils seraient fiers de partir en voyage de noces avec l'une d'entre elles dans une envolée bruyante, toutes ailes déployées, un matin de printemps, d'aller de feuille en feuille pendant plusieurs jours puis de revenir pour raconter aux autres, oncles et cousins, tout ce qu'ils avaient vu, tout ce qu'ils avaient mangé, bref, que tout s'était bien passé et que le mariage était une réussite. Qui se serait contenté d'une infirme qui volait de travers ?

On pouvait tout bonnement la chasser, certains le proposaient. Quand la survie du clan l'exige, il faut laisser la pitié à d'autres. C'était faisable mais inélégant, sans exclure totalement cette possibilité on n'y viendrait qu'en dernière extrémité et on chercha d'abord une autre solution. C'est alors que la tante la plus âgée se souvint de la tribu des Coccidis. C'étaient des cousins très éloignés. Ils vivaient au pays de l'olivier. On ne les voyait que rarement, seulement à l'occasion d'un bouleversement climatique exceptionnel qui obligeait le clan à se déplacer au loin vers des climats plus cléments. Cela n'était pas arrivé depuis longtemps et seule la vieille tante s'en souvenait.

La vieille leur rappela que la mère d'Idaé était arrivée un jour épuisée, venant d'une région très lointaine que personne ne connaissait vraiment, fuyant un mari qui la maltraitait. On l'avait recueillie, elle s'était intégrée et avait épousé l'un de ses neveux. Le changement de clan était donc tout à fait possible. Après sa mort accidentelle par un engin agricole, personne ne s'en était plus soucié mais la vieille tante croyait très bien savoir d'où elle venait.

On en parla à Idaé, pour une première approche, pour voir comment elle réagirait. On lui dit qu'un voyage lui ferait du bien, qu'elle verrait un autre horizon, que l'air là-bas était plus doux et peut-être, sans doute même, qu'elle y trouverait un mari.

— Pourquoi voulez-vous déjà me marier ? demanda Idaé.

— Parce que c'est le destin de toutes les femmes. A quoi serviraient-elles si elles ne se mariaient pas ? lui fut aussitôt répondu, d'un ton ferme, presque cassant qui ne souffrait aucune objection.

— Je préfère rester sur ma feuille à vous regarder vivre pleinement, je n'ai besoin de rien, je ne demande rien.

— Regarder vivre les autres n'est pas une fin en soi, cela les empêche au contraire de vivre pleinement et heureusement encore que tu ne demandes rien ! Que pourrais-tu demander ? Tu n'as rien à demander !

— Oui, c'est vrai, elle n'a rien à demander, répondirent les multiples échos.

A partir de cet instant, Idaé sut qu'elle était de trop.

Les Coccidis habitaient beaucoup plus au sud, là où poussent les oliviers et où il ne gèle jamais. Ils se nourrissaient de chenilles et avaient des mœurs bien différentes de celles des Aphidys. Les hommes y étaient, paraît-il, très vigoureux.

La vieille tante racontait qu'avant de s'habituer à la cuisine des Coccidis, cette cuisine à l'huile d'olive dont l'odeur se faisait sentir au loin, il fallait, d'une part, avoir très faim, et, d'autre part, accepter une période d'adaptation entrecoupée de maux de ventre. Après quoi tout devenait supportable. On la pria de garder cela pour elle et, surtout, de ne jamais évoquer ce point devant Idaé. Si l'idée qui germait se concrétisait, elle aurait le temps de se rendre compte elle-même de tous ces détails et quelques maux de ventre ne sont pas la mort d'une coccinelle.

On désigna un émissaire : un neveu de la vieille tante fit l'affaire, il irait les voir, on lui recommanda de faire bonne impression, d'évoquer la dernière rencontre des deux familles à laquelle il n'avait pas assisté puisqu'il n'était pas encore né, mais dont il avait beaucoup entendu parler, et de se rendre compte par lui-même si chez eux il n'y avait pas pléthore de jeunes coccinelles à marier. S'il jugeait l'opération jouable, il leur proposerait un cœur à prendre.

–Tu te feras connaître, lui dit la tante, les plus âgés se souviennent encore de moi. Ton oncle avait une sœur qui avait épousé un Coccidis. Il n'a jamais eu de ses nouvelles mais il était optimiste ton oncle. Il disait souvent: « Pas de nouvelles, bonnes nouvelles.» Que pouvait-il lui arriver de bien méchant ? Elle avait un mari qui la protégeait comme il se doit.

Quand on est bien protégé, de quoi se plaindrait-on ?

On lui expliqua clairement le but de son voyage. On lui fit la leçon. Il devait parler d'Idaé comme d'un bon parti, comme d'une affaire en or. Il y aurait une dot, petite mais réelle. Le prétendant éventuel pourrait en discuter le montant directement avec l'émissaire mais dans des limites étroites qu'il ne faudrait pas dépasser.

On lui fit remarquer qu'en regardant Idaé sur le côté opposé à son aile, lorsque le soleil l'éclairait de face, elle était très jolie, la plus jolie peut-être du clan. Elle serait une bonne pondeuse. C'est cela qui compte, le reste est accessoire. Voilà ce qu'il devrait dire avant d'avouer comme un détail minime le fait qu'elle avait été agressée et en portait momentanément encore une légère trace. Elle apporterait dans sa nouvelle famille, vraiment du sang neuf, du renouveau, et se sentant toujours étrangère, elle serait reconnaissante, docile et obéirait sans jamais se plaindre car elle n'oublierait jamais ce qu'elle leur devait. Ce mariage resserrerait encore les liens qui unissaient depuis toujours les Coccidis et les Aphydis.

Sur les oliviers maintenus tièdes tout l'hiver par le soleil radieux, on dormait moins qu'ailleurs, par contre on mangeait davantage. Les maîtresses de maison, toujours à goûter la sauce en assaisonnant le gibier apporté par les oncles, avaient pris de l'embonpoint et dans la communauté s'était répandue l'idée que pour être à la mode il fallait être grassouillette mais celles qui avaient beaucoup exagéré avaient diminué d'autant leur espérance de vie. Bref, chez les Coccidis les belles étaient plus grosses mais il y en avait moins. Les prétendants n'avaient pas l'embarras du choix et les mariages se faisaient après d'âpres discussions où l'amour brillait par son absence car il est bien connu que l'amour s'évapore dès que les tractations financières commencent.

L'émissaire trouva très facilement un prétendant, un oncle qui n'était plus très jeune, aux gestes plutôt énergiques et parfois désordonnés censés montrer à la communauté qu'il avait gardé toute sa vigueur. Méfiant et désinvolte il faisait semblant de ne pas être vraiment intéressé comme quelqu'un qui, dans une brocante, a lorgné un objet qui lui plaît et voudrait l'avoir à bas prix. Il posa un tas de questions et avant la fin de chaque réponse il prenait un air navré par anticipation comme s'il avait voulu abandonner l'affaire et s'en aller. Il voulait bien donner de sa personne, comme il disait, uniquement pour rendre service à l'espèce mais pas sans compensation.

Ne lui proposait-on pas un fruit plus ou moins avarié ?

Tout à coup, sans que rien ne le laisse supposer, il sembla changer d'avis car un fait nouveau avait traversé son esprit. Il prit un air dur et en même temps réjoui, un vieux souvenir enfoui dans sa tête refaisait brusquement surface, comme si l'occasion de régler un vieux compte se présentait : occasion qu'il fallait saisir.

La question de cette aile qui dépassait toujours un peu du manteau d' Idaé ne semblait plus l'intéresser particulièrement, cependant quand on en vint à la dot, il y fit tout de même allusion ce qui lui permit d'en réévaluer légèrement le montant.

En fin de compte, quand il s'aperçut que l'émissaire était arrivé aux limites qu'il ne devait pas dépasser et qu'il n'obtiendrait pas davantage, il accepta de recevoir Idaé en vue de l'épouser.

Le marché fut conclu sans qu' Idaé se doute qu'on venait de la marier à des centaines d'heures de vol de la feuille où elle se reposait.

Le prétendant ne se préoccupa pas un instant de l'avis de sa future épouse. Pourquoi aurait-elle eu un avis alors qu'elle ne connaissait rien de la vie et que tout serait réglé à son insu comme il est d'usage dans une telle situation. Idaé devenait la propriété du prétendant acquise au prix de négociations âpres et menées de main de maître. Le bel objet, pensa-t-il. A moi de l'utiliser à bon profit.

*

Le futur marié, le soir même, retourna chez la Phyto. C'était une coccinelle un peu étrange ; elle était arrivée dans ce champ d'oliviers un jour, venant d'on ne sait où, et s'était imposée par des manigances en jetant des sorts à celles qu'elle n'aimait pas et en usant de ses charmes provocateurs pour se faire une belle place dans la communauté. Elle était laide pourtant, d'une laideur caricaturale. Cependant, elle était plutôt svelte car elle suivait un régime qui ne la faisait pas grossir, elle était végétarienne et les feuilles d'olivier bien tendres, ce n'est pas ce qui manquait.

Les mâles en étaient fous ; ils trouvaient là un corps lisse, sans bourrelet, prenant des poses et des initiatives qu'ils ne connaissaient pas, et chacun croyait, ou faisait semblant de croire, qu'il était, sinon l'unique, du moins son préféré. Tous la fréquentaient dans la plus grande discrétion pour ne pas provoquer un scandale qu'il fallait absolument éviter, car, dans une petite communauté, on peut tout faire à condition que personne ne le sache. Elle avait plu tout de suite au futur marié. Ils étaient devenus confidents, ils se disaient tout, riaient de leurs coups tordus et tramaient des projets peu reluisants, dont chacun tirerait profit. Elle lui parla, en se moquant, de l'insuffisance des autres, ce qui le conforta dans la pensée qu'il était vraiment le meilleur en tout. Ils s'aidaient mutuellement à élaborer des vengeances en y faisant participer les esprits de l'au-delà avec qui elle prétendait être toujours en relation.

Il détailla l'affaire qu'il venait de conclure pour avoir son avis.

— Je suis sûr que c'est sa fille, c'est cela qui m'a décidé, lui dit-il en évoquant son ancienne épouse qu'il avait achetée autrefois et qui était partie un jour vers le nord sans qu'on ait pu la rattraper. Sans prévenir personne, elle avait profité d'un manque d'attention de ceux qui étaient chargés de la surveiller pour s'envoler tout droit, très haut, jusqu'au vent d'altitude qui soufflait ce jour-là dans la bonne direction et l'avait portée chez les Aphydis.

Comme il avait maudit cette femme, ce jour-là ! Elle avait osé braver son autorité, quelle impertinence ! et elle avait réussi ! Elle ne pouvait qu'être possédée par le diable pour réussir un coup pareil. Quel malheur pour toute la famille. Il avait tenté d'en récupérer le prix, mais son beau-père n'avait rien voulu savoir et ils s'étaient fâchés. Lui s'était senti outragé et s'en était pris à ceux qui n'avaient pas été capables de la rattraper et de la ramener. Tous des incapables ! des bons à rien !

– Peu importe. Tu n'as qu'à faire comme si c'était réellement sa fille, ta vengeance sera aussi complète, tu en tireras autant de satisfaction et en plus tu récupérera ta mise, lui avait répondu la Phyto.

Peu importe, je te dis. Fais comme si…

Et ils en avaient beaucoup ri, d'un rire malsain, en pensant à la cérémonie de mariage à laquelle elle serait naturellement invitée. Déjà ils imaginaient tout, et chaque détail les faisait rire encore davantage, un gros rire à double sens alimenté par la souffrance qui attendait Idaé.

*

Lorsque l'émissaire fut de retour chez les Aphydis, on lui demanda tous les détails. On trouva le montant final de la dot un peu exagéré, l'un des oncles osa dire qu'il s'était fait abuser mais aussitôt d'autres voix s'élevèrent pour dire que c'était un moindre mal et que cela valait mieux que de garder indéfiniment une handicapée dans le clan. On ne s'attendait pas à pouvoir la donner pour rien.

– Vous pensiez qu'on allait pouvoir s'en débarrasser sans frais ? entendit-on. Même pour jeter un vieux débris à la décharge il faut maintenant payer. Les temps changent, tout se paye aujourd'hui.

Ce fut l'argument imparable, personne n'osa y apporter la moindre correction et un grand silence approbateur se fit entendre.

Aucun d'eux ne demanda le nom du prétendant, ni son âge ni son métier, pas plus que l'effet qu'il avait produit sur l'émissaire en acceptant le marché.

La vieille tante ne demanda même pas si quelqu'un se souvenait d'elle, chez les Coccidis, car cela ne l'intéressait plus, cela n'avait plus aucune importance.

Cependant, elle fut rassurée de savoir que personne n'avait évoqué la fugue de la mère d'Idaé, car ils savaient, là-bas, ou du moins certains se doutaient du nom du clan qui l'avait recueillie et ces choses-là laissent des traces qui perpétuent la rancune et ne s'effacent que lentement.

– Où étais-tu, demanda Idaé à son cousin ?

On avait fait la leçon au cousin, il savait quoi répondre.

– Je suis allé vers le Nord, chercher un endroit frais pour nos quartiers d'été, avait-il répondu.

La réponse était venue si naturellement, si plausible, si vraie, qu'Idaé n'y vit aucune dissimulation, aucun mensonge.

C'était son cousin, toujours si franc, toujours si clair, si gentil ces derniers temps; il ne lui vint pas à l'esprit de douter.

Elle n'insista pas. Le Nord était trop loin pour elle, elle ne savait pas où c'était. Elle avait souri comme pour lui dire qu'il avait certainement fait un beau voyage, qu'elle l'enviait et qu'elle était contente pour lui. Il en avait de la chance, son cousin, de pouvoir faire une belle escapade et de revenir raconter ce qu'il avait vu. C'était une belle mission qu'il venait d'accomplir pour le bien de tous.

Elle avait toujours senti pour lui, une certaine attirance, elle le trouvait fort, toujours souriant, plein d'esprit, charmeur, et maintenant qu'elle savait qu'il ne serait pas pour elle, tout cela avait fait place à une certaine tendresse qu'elle éprouvait toujours, comme on l'éprouve pour son frère, et elle s'amusait à deviner laquelle des belles coccinelles qui rodaient autour de son cousin, serait l'heureuse élue.

*

Puisque tout était réglé, il fallait faire vite, le printemps allait arriver, tous les mariages se faisaient en début de saison, après, c'était trop tard. Il fallait préparer Idaé au plus vite.

On mit au point tout un stratagème. Les rôles furent distribués au mieux et chacun répéta dans son coin les phrases qu'il devrait prononcer en face d'Idaé et mima le visage le plus approprié à la situation. On opta pour la séduction : on lui parlerait de son futur époux comme d'un prince charmant qui l'aimait déjà avant de la connaître et qu'elle pourrait rejoindre, aidée éventuellement de ses cousines pour que le voyage aérien soit le moins fatigant possible.

Si vraiment elle était réticente et refusait le mariage on utiliserait d'autres méthodes.

On lui expliqua que le destin des coccinelles était de se marier, elles étaient nées pour ça. On lui affirma qu'elle aurait, comme sa mère, qu'elle n'avait pas connue, ses tantes et ses cousines, une jolie feuille, rien que pour elle, où elle pourrait faire tout ce qu'elle voudrait. Il ne serait plus nécessaire qu'elle vole de rosier en rosier toute seule dans un milieu hostile au risque de rencontrer un prédateur et de recevoir un autre mauvais coup. Profitant de l'expérience due à leur âge, ses oncles avaient prospecté pour elle un bon parti et lui offraient la chance de sa vie. Ils lui avaient trouvé un mari comme jamais elle n'aurait pu en rêver surtout après les terribles conséquences de son initiative.

Son mari, car pour eux il était déjà son mari, habitait dans une autre région dont le climat était doux et les hivers plus courts.

L'humidité qui augmentait la douleur qu'elle ressentait à l'aile n'existait pas dans le pays de ce mari et une fois installée sur un olivier, dont les feuilles sont d'un vert si apaisant, elle pourrait passer des jours entiers à regarder au loin sans même changer de feuille car les chenilles que sa nouvelle famille savait si bien cuisiner étaient si grosses qu'une seule suffisait à chaque repas.

Idaé ne sut que répondre à une telle proposition qui allait changer tout le reste de sa vie et resta immobile les regardant avec un peu d'inquiétude. Elle avait bien rêvé de tout cela et plaisanté avec ses jeunes cousines mais l'événement qui arrivait si brusquement la laissa sans voix.

— Tu n'es pas obligée de répondre tout de suite, prends ton temps, penses-y. Tu diras « oui » demain matin, lui dit la vieille tante pour adoucir le langage brusque employé par les oncles.

Ceux-ci considérèrent cela comme une concession dangereuse.

Moins elle réfléchira mieux cela vaudra, dirent-ils tout bas à la vieille. Mais il était trop tard pour retirer la concession.

Elle y repensa très longtemps avant de s'endormir, hésita, prit peur, ne se sentit pas prête, mais le lendemain personne ne lui demanda si la nuit lui avait porté conseil. La chose était en marche et on ne l'arrête pas quand ce sont les autres qui l'ont voulue ainsi.

*

« Tu vas t'en aller très loin », lui dirent ses cousines. Mais elle ne savait pas ce que signifiait « très loin ». Alors elle demanda comment se ferait le grand voyage, si elle arriverait au bout sans s'épuiser, si cela durerait très longtemps, si sa blessure lui permettrait de tenir jusque là.

On lui expliqua avec une grande douceur que le jour où on verrait les beaux nuages blancs se tourner vers le sud, on l'aiderait à prendre de la hauteur et qu'une fois là-haut, le vent d'altitude la transporterait sans le moindre effort jusqu'au pays de l'olivier où elle était déjà attendue. On lui sourit comme si on enviait la chance qu'elle avait mais cela ne dissipa pas son inquiétude. Trop c'est trop, pensa-t-elle. Trop c'est trop.

*

Le grand jour arriva plus vite qu'elle ne le souhaitait.

On choisit une très grande feuille bien plane qui servirait de plate-forme d'envol. Il y avait beaucoup de monde à l'aéroport. Toutes les coccinelles s'étaient levées tôt pour assister à l'événement. Il avait été décidé d'interdire le survol de la grande feuille une heure avant le départ prévu, pour éviter toute collision. Seules les plate-formes environnantes étaient autorisées au public car la grande feuille devait rester sans aucun obstacle.

Il avait été prévu que deux oncles valides aideraient Idaé à prendre son envol en se plaçant de chaque côté comme ces grandes fusées qui partent pour l'infini mais qui sont incapables de décoller sans l'aide de deux boosters latéraux. Une fois Idaé placée dans la veine du vent portant, les oncles feraient un bout de chemin avec elle pour lui indiquer la bonne direction à prendre puis redescendraient et, tout comme les autres, la regarderaient devenir toute petite et disparaître à jamais.

Tout se passa comme prévu. A l'aéroport, Idaé ne regardait personne, indifférente à toute cette cérémonie improvisée. Elle semblait droguée, résignée, comme un condamné qui avance au milieu de gens qui veulent en finir au plus vite, elle ne faisait plus partie des Aphydis. Elle s'en allait là où son devoir, le devoir qui lui avait été dicté, l'appelait. Elle ne se retourna pas ne regarda ni à gauche ni à droite ses cousines qui étaient au premier rang de la feuille la plus proche et brusquement après un bref signal elle se sentit soulevée, arrachée de sa feuille natale, et quand elle vit le sol suffisamment loin elle ouvrit doucement ses élytres rouges et se mit à battre des ailes.

Plus personne ne la soutenait et ses deux oncles, sans même lui souhaiter un bon voyage, s'étaient séparés d'elle et avaient pris le chemin du retour.

Elle était seule maintenant et se laissait porter par le vent de l'inconnu qui la menait tout droit vers son nouveau destin.

*

La cérémonie du mariage fut très vite expédiée, ce ne fut qu'une simple formalité administrative : le temps de signer quelques formulaires en présence de témoins qu'elle ne connaissait pas.

Par contre le repas de noces qui suivit dura longtemps, très longtemps.

On dévora plusieurs chenilles vertes et grasses gonflées d'un liquide rougeâtre succulent. Cela n'en finissait pas. Idaé, que le changement de nourriture écœurait, avait des nausées ; elle aurait voulu s'en aller sous une autre feuille et dormir, oui, dormir la nuit entière et si possible tout le jour suivant.

Tous s'empiffraient et les plus gros mâles regardaient, avec des arrière-pensées, les uns après les autres, du côté de la Phyto qui semblait très à l'aise au milieu du vacarme. C'était la seule qui ne balançait pas la tête dans tous les sens de façon désordonnée, car elle ne mangeait pas. Elle n'était pas venue pour ça. Son regard ne quittait pas la mariée. Elle la voyait peu à peu s'épuiser et lorsque Idaé fit visiblement des efforts pour garder les yeux ouverts, la Phyto fut comblée et commença à égrener le temps qui restait avant la grande désillusion qui se préparait.

– Tu me raconteras, dis ? avait-elle demandé à son complice, la veille au soir du mariage.

Enfin le mari se leva. Il aida Idaé à se mettre debout et l'entraîna en la soutenant vers une grande feuille vert sombre qui se balançait au vent. Tout le monde se tut comme si un signal avait été donné. Enfin ! pensa Idaé, tout cela cessait, elle allait pouvoir se reposer. Alors, quand ils furent seuls sur la grande feuille et qu'elle commençait à fermer les yeux, elle sentit brusquement tout le poids de son mari se poser sur elle en prenant appui sur son aile paralysée. La douleur fut intense, insupportable, elle poussa un grand cri que l'on entendit de loin et pour faire écho à sa plainte il s'ensuivit une sorte de beuglement rauque et prolongé comme celui d'un guerrier enfin victorieux donnant l'estocade à son ennemi à la fin d'un dur combat singulier. Quelques rires lointains suivirent, il lui sembla même que l'on applaudissait. Pourquoi applaudissait-on ? La fête n'était sans doute pas tout à fait terminée. Certains s'amusaient encore, ils s'amusaient à ses dépens mais elle ne le savait pas.

*

Lorsqu'elle s'éveilla, au milieu de la matinée suivante, son aile brisée était collée par du sang à la feuille sur laquelle elle reposait. Un sang jaunâtre à odeur désagréable qui séchait au soleil. Il n'y avait personne autour d'elle pour l'aider à se lever. Les autres étaient partis à leurs occupations car un lendemain de noce est un jour ordinaire pour les invités. Ils ne s'occupent plus de la mariée qui n'est plus un sujet de curiosité, un sujet de sourires entendus , un sujet de plaisanteries faciles. En reprenant la routine quotidienne, ils avaient presque tous totalement oublié les applaudissements de la veille.

Elle resta sur cette feuille un temps qui lui parut infiniment long, sans aucune nourriture, ne pouvant pas se déplacer. De la brindille qui supportait son lit, elle voyait au loin, sur des branches beaucoup plus grosses, d'autres coccinelles partager un bon repas. Mais elle ne supportait pas leur régime, l'idée même l'écœurait.

Dans un effort douloureux, elle tournait continuellement la tête dans l'espoir d'apercevoir son mari et de l'appeler au secours. Mais c'était peine perdue, il avait disparu. Pourquoi n'apparaissait-t-il pas ? Etait-il allé trop loin ? S'était-il égaré ? Avait-il eu un accident sans que personne le sache ? Etait-il normal dans ce pays que le mari disparaisse sans avertir sa femme ? L'avait-il abandonnée pour se remarier, pour refaire la fête, pour entendre de nouveau des applaudissements ? Elle ne savait plus ce qu'elle devait penser et aucune réponse ne lui était apportée.

*

A mesure que le temps passait, ses pensées devenaient floues, et bientôt, elle ne pensa plus rien. Elle avait faim, aussi faim que mal. Elle aurait souhaité qu'un puceron arrive à sa portée, rien qu'un, pour ne pas oublier le goût du lait de son enfance, mais aucun ne venait et Idaé maigrissait.

Elle était maintenant presque aveugle et distinguait mal le jour de la nuit.

Chaque matin, la rosée ramollissait le sang qui la collait sur place mais pas suffisamment pour la libérer. Elle n'essaya même pas de tirer sur son aile car elle n'avait pas la force de quitter son enclos. Alors elle aperçut juste à côté d'elle des œufs qui n'y étaient pas le jour précédent. Elle comprit qu'ils étaient siens et ne sut quoi en faire. Après trois autres rosées, alors qu'elle était encore toute gluante, le premier œuf s'ouvrit, quelque chose se mit à bouger et sortit. Idaé avait faim, elle approcha sa bouche de la chose, la mordit et suça la minuscule goutte qu'elle contenait. Alors, au goût du suc qu'elle avala, elle comprit que l'état d'extrême détresse peut pousser à faire des choses que l'on n'aurait même pas imaginées en temps normal.

 A travers le voile qui déjà l'empêchait de bien distinguer les formes, elle crut voir au loin la Phyto qui volait de feuille en feuille, suivie de près par une ombre qu'elle n'eut pas la force d'identifier. Cette ombre-là poussait des cris bizarres, des cris bestiaux d'autosatisfaction agitée et chaque fois qu'un nouveau cri se faisait entendre la Phyto tournait la tête pour s'assurer que l'ombre la suivait toujours ; mais c'est elle qui traçait la route, trajectoire d'une sorte de vol nuptial sinistre, en laissant derrière elle une traînée de poussière noirâtre et nauséabonde.

 Alors Idaé ferma les yeux et attendit sans plus bouger que le sort qui lui était destiné s'accomplisse.

 Déjà sur la même branche une grosse fourmi immobile attendait patiemment que son repas soit prêt.

*

Le corps d'Idaé encombrait maintenant le milieu de la grande feuille qui avait recueilli son dernier souffle. Cela ne pouvait pas durer, on avait besoin de la place. Les grandes et belles feuilles, il n'y en avait pas des tas, et celle-ci était irrémédiablement tachée. Si au moins elle s'était placée discrètement sur le bord quelqu'un l'aurait poussée d'un geste banal en regardant de l'autre côté pour que personne n'y prête attention. Ceux qui se sentent mourir devraient toujours se placer sur le bord de quelque chose pour qu'il suffise d'un rien pour les faire basculer. Mais pour elle ce n'était pas le cas, quel sans-gêne ! Quel manque de respect pour la communauté ! Ce sont des choses qui devraient aller de soi : finir dans la plus grande discrétion et ne pas laisser sa dépouille n'importe où.

On voyait bien, dirent-ils, que cette coccinelle n'était pas une Coccidis, qu'elle ne l'aurait jamais été. Qu'elle venait d'ailleurs, de là où on ne respecte même pas sa propre mort. Elle ne tenait pas compte des valeurs ancestrales du clan qui avaient été dictées, voilà des siècles et des siècles, par le grand fondateur de l'ordre des Coccidis. Le premier commandement, se rappelaient-ils, était de ne pas laisser traîner son corps n'importe où quand il ne servait plus. Personne n'avait connu le grand fondateur, bien sûr, mais tous savaient par cœur, car on le leur avait répété mille fois, que le grand fondateur de l'ordre, sentant qu'il n'avait plus rien à faire sur des feuilles d'olivier, avait donné l'exemple en se jetant volontairement dans le vide et ainsi avait disparu à jamais.

*

Bien plus tard, en se rappelant l'histoire d' Idaé, quelques-uns pensèrent que c'était triste pour elle; mais c'était mieux pour tous, pensèrent tous les autres.

Et au loin, très loin de là, une autre adolescente était déjà pointée par le destin.

La tante Déa

Déa Mantis n'avait pas connu ses parents ils étaient morts, tous les deux, plusieurs mois avant sa naissance. Cependant elle n'était pas le résultat de manipulations génétiques exercées dans un laboratoire aseptisé par des personnes en blouse blanche respirant à travers un masque qui auraient décongelé des cellules déjà anciennes et après les avoir fécondées avec une seringue en auraient suivi, jour après jour, toute la gestation in vitro. Non ! elle était née tout naturellement d'un œuf qui avait passé l'hiver bien à l'abri dans une petite cellule au centre d'une couveuse dorée de grand luxe là où il ne gèle jamais malgré la bise d'hiver qui la secoue dans tous les sens . Déa, la dernière née de la famille avait vu le jour, comme tous les membres de la dynastie des Mantis, à la maternité d'Oothèque où sa mère s'était rendue dès les premières froideurs de l'automne. La mère de Déa était morte peu de temps après d'un refroidissement ; quant à son père, personne n'avait su comment il avait terminé sa vie ; mais d'après ce qui se disait, il aurait eu une fin violente et peu glorieuse, victime de ses excès effrénés.

*

Déa avait grandi démesurément dès l'enfance. Elle dépassait tous les autres enfants du jardin largement d'une bonne tête et depuis l'adolescence elle était devenue gigantesque. Elle en avait fait un véritable complexe se sentant exclue des normes du jardin que tous les autres habitants respectaient. Chacun avait la bonne taille et elle n'avait la taille de personne. Cela l'avait beaucoup aigrie surtout depuis qu'elle avait appris qu'on l'appelait « la religieuse » alors qu'elle était athée.

Puisqu'il en est ainsi, se dit-elle, je vais leur faire voir quelle est ma religion. Le dieu que je servirai est le dieu de l'argent. Je le servirai avec tout mon zèle. Je ne l'adorerai jamais assez. Je ne lui ferai jamais assez d'offrandes et j'obligerai tous les minus qui m'entourent à payer leur dû à ce dieu puissant qui les concerne tous. Personne ne peut y échapper, on le subit, on s'en accommode, on obtient ses faveurs ou bien on crève. Je leur prendrai jusqu'au dernier centime pour honorer le dieu que j'ai choisi. Je m'achèterai de beaux habits dont j'adapterai toutes les couleurs aux circonstances, allant d'un vert tendre comme il sied aux garden-parties ensoleillées auxquelles je serai invitée, jusqu'aux subtiles nuances d'écorces sèches lorsque toutes les feuilles des arbres commenceront à jaunir. Tout cela assorti de bottes rouges car on ne se présente pas devant le dieu de l'argent en tenue négligée. Les autres ne vous croiraient pas et ne vous prendraient pas au sérieux.

Quand on est un observateur attentif on voit bien que l'habit fait presque tout dans la vie. Certains habits ne contiennent que du vent qui leur donne leur forme et pourtant ce vent-là prospère et parfois balaye tout sur son passage. Je ne dis pas cela pour moi qui ai la tête solide et les dents longues mais cela ne suffit pas, il faut aussi un bel habit.

J'y mettrai le prix puisque ce sont eux qui paieront. Je serai magnifique, ils me verront de loin. Je n'aurai pas besoin d'aller les chercher, ils viendront tout seuls, tôt ou tard, me demander de l'aide car de nos jours, tout le monde a besoin d'aide: un premier petit prêt par-ci, un plus gros prêt par-là pour rembourser l'autre, et ainsi de suite jusque à ce qu'ils soient saignés à blanc. Alors d'un coup sec de mandibule je les achèverai et je les croquerai d'un bout à l'autre jusqu'à ce qu'ils aient totalement disparu. J'en débarrasserai ainsi le jardin pour faire de la place aux nouveaux arrivants et ainsi le cycle recommencera.

*

Malgré le mépris qu'elle affichait pour les autres et l'âpreté qui l'entourait, elle était tombée amoureuse sans le vouloir, sans s'en rendre compte, sans même y penser car elle avait d'autres soucis que de batifoler. Elle ne s'en était pas aperçue tout de suite, puis avait nié cela d'un revers de la patte mais, malgré son indifférence et son mépris pour ces choses-là, elle était bien accrochée. A son âge, tout de même, se laisser ainsi accrocher comme un poisson ! Que pouvait-elle bien attendre de tout ça ?

Ce n'était pas vraiment de l'amour, c'était plutôt quelque chose de sec aux racines tortueuses, comme une douleur quelque part que l'on refuse de soigner.

L'élu n'était pas ce qu'on appelle un beau partenaire capable de faire tourner la tête de ses copines ni de les rendre folles et jalouses, non, il était tout rabougri, tout ridé, maigrichon, plus petit que la moyenne et marchait les jambes un peu pliées vers l'avant, ce qui diminuait encore sa taille.

Il avait une voix à la fois forte et aigrelette, une de ces voix qui ne supportent pas d'être interrompues une fois que le flot des paroles est déclenché et qui assènent à chaque phrase la vérité indiscutable qui ne souffre pas la moindre nuance. Il ouvrait grand les yeux quand il parlait, tournait la tête dans tous les sens pour surveiller que personne ne faisait la moue, ne prenait un air dubitatif en entendant ses propos.

C'était un personnage plutôt buté qui affectionnait les solutions extrêmes et qui avait déjà changé d'extrême plusieurs fois, chaque fois pour de bonnes raisons.

Il était fasciné par Déa, elle avait de si longues jambes ! elle avait de si belles jambes !

Déa ne voyait aucun inconvénient aux grands discours qu'il proférait. Elle n'en suivait pas toujours le fil parfois parsemé de contradictions. Mais vu son humeur souvent changeante elle aurait souhaité être informée à l'avance de ce qui avait sa faveur du moment, afin de ne pas commettre d'impair en recevant ses amies pour le thé.

Que lui trouvait-elle ? Tout le monde se le demandait mais personne n'aurait osé le lui demander. Ce ne sont pas des questions que l'on pose. Seul son compagnon était flatté de cette liaison et s'en attribuait totalement le mérite. « Elle aime ma façon carrée de trancher les discussions, pendant que les autres réfléchissent, moi j'ai déjà réfléchi depuis longtemps à tout, une fois pour toutes, c'est pour ça que je n'hésite pas à leur couper la parole.» Voilà ce qu'il pensait. Il était fier de lui. Il était un grand penseur, un grand orateur, un très grand séducteur.

*

A l'autre bout du jardin, vivait en harmonie avec les fleurs sauvages un jeune grillon rêveur, un peu poète et très bon musicien. Il avait hérité d'un violon, c'était sa seule fortune. Il avait bien reçu quelques conseils pour tenir son archet mais son sens inné de la musique et le dynamisme de la jeunesse avaient suffi pour qu'il devienne virtuose. Il avait d'abord joué pour lui en se cachant car il était d'un naturel timide, mais, quand il fut certain que personne dans ce jardin ne jouait mieux que lui, il se montra au grand jour. Beaucoup n'y prêtèrent même pas attention, soit qu'ils n'aimaient pas sa musique, soit parce que son nom leur était inconnu. Mais il ne se découragea pas car il ne jouait pas vraiment pour eux. Il savait pour qui il jouait, bien qu'il ne l'ait aperçue qu'une fois ou deux furtivement alors qu'elle passait sans se presser le long d'une branche basse de l'arbre voisin. Il avait alors travaillé son instrument en pensant à elle pendant des semaines et les réels progrès qu'il faisait l'étonnaient chaque jour un peu plus.

Il l'avait trouvée belle sous son manteau transparent.

Alors, pour s'en faire remarquer, pour la séduire, il n'avait qu'un moyen car il était un fin artiste et ne supportait pas ceux qui s'agitent à grand renfort de percussions pour arriver à leurs fins. Il n'avait que son violon à sa disposition et depuis qu'il le maîtrisait si bien il s'était mis à espérer. Il se plaça sur une grande feuille baignée par le soleil matinal et se mit à jouer. Elle ne pouvait pas ne pas l'entendre, elle ne pouvait pas ne pas le remarquer, elle était si près, et si elle aimait la musique douce, si elle était sensible aux nuances qui s'adressent au cœur, alors elle se tournerait vers lui et viendrait le rejoindre. Il joua longtemps pour elle, mais ne la voyant pas venir, il joua aussi pour lui et de nouveau pour elle et, lorsque son archet commença à devenir douloureux, et que le rythme devint plus lent, il sentit sa présence derrière son dos. Alors il se tourna vers elle, sut qu'elle aimait la musique, s'approcha encore davantage et cessa de jouer : il avait gagné.

Il jouait souvent pour elle mais un jour il fit un faux mouvement et son archet se brisa.

– Ce n'est pas grave, lui dit-elle. Nous attendrons que tu sois guéri et tu pourras de nouveau faire de la musique pour moi.

Mais il était impatient, il voulait guérir tout de suite. Il alla consulter. L'opération était assez coûteuse, d'autant plus coûteuse qu'elle aurait lieu plus tôt. Il n'en avait pas les moyens.

– Si vous ne faites rien, vous guérirez quand de même, mais ce sera long, très long, lui dit-on.

Alors, en le voyant si malheureux, sa compagne lui proposa ses économies.

– Si tu promets de ne jouer que pour moi.

Mais cela ne suffisait pas, loin de là, il fallait emprunter.

– On m'a parlé de la Mantis, tante Déa, tu sais ?

Sa compagne, plus fine que lui, avait eu quelques échos à propos de la Mantis. Elle ne l'aimait pas, elle s'en méfiait, on disait des choses.

Le grillon ne dit rien, sembla convaincu, mais le lendemain, à l'insu de sa compagne, il alla chez la Mantis. S'il n'obtenait rien, il n'en parlerait pas ; et s'il obtenait un prêt, lui dirait-il ? Il hésita. Finalement il préféra garder tout ça pour lui, il verrait plus tard comment lui annoncer la chose.

Avec la Mantis ils parlèrent de choses et d'autres, du moins c'est ce qu'il crut car les sujets n'étaient pas choisis au hasard et cela suffit à la prêteuse pour connaître les faibles défenses de sa prochaine victime.

– Je te prête ce qui te manque sans te demander intérêts si tu me rembourses dans la semaine. Je fais cela pour te rendre service, parce que j'aime rendre service. Moi, l'argent ne m'intéresse pas. Si tu veux me rembourser plus tard, alors je te demanderai un petit intérêt qui dépendra du délai que tu auras choisi.

Elle savait parfaitement que le cadeau n'en était pas un et qu'à la fin de la semaine le grillon ne serait pas de retour.

Le grillon signa en survolant de très haut la fin du contrat. Il était tellement heureux ! Dans trois jours il pourrait de nouveau jouer du violon puis il donnerait des petits concerts sur les plus grosses feuilles, plusieurs concerts par jour, on le verrait de très loin, tous viendraient l'écouter et déposeraient chacun une petite pièce dans le petit pot qu'il avait préparé, puis ils applaudiraient et il serait doublement heureux. Et tout serait comme avant, grâce à la Mantis.

– Je ne sais comment vous remercier, Madame.

– Ne me remercie pas ! Et pas de Madame entre nous, voyons. Appelle-moi tante Déa car je me considère un peu comme votre tante à tous et que ne ferais-je pas pour mes petits neveux.

Le grillon n'osa pas répondre « Oui, ma tante », il se sentait si petit, si intimidé devant elle, mais le peu d'argent qu'il reçut lui donna confiance et il pensa que ceux qui l'avaient mis en garde contre la tante Déa étaient des médisants.

— Quand mon archet sera réparé je jouerai quelque chose pour vous.

— Oui, c'est ça ! lui répondit la Mantis. Et maintenant va-t-en.

Une fois l'archet réparé, la convalescence fut bien plus longue que prévu. Le jeune grillon ne put pas assurer tous les concerts qui devaient lui permettre de subvenir à ses besoins, de recommencer à vivre normalement et surtout de rembourser totalement son prêt. Sa compagne fit ce qu'elle put, elle le rassura, le consola, lui dit que seul comptait le fait qu'ils soient ensemble. Elle ne savait pas tout, elle ne savait rien, il se sentit honteux et ne répondit pas. Vu de loin, tout semblait normal mais la semaine passa sans que le prêt fût remboursé.

Il retourna voir la Mantis. Il crut être reçu encore comme un neveu mais il signa un autre papier qu'il ne lut même pas, à quoi bon lire puisqu'il n'avait plus le choix. Il eut un deuxième prêt pour rembourser le premier mais le taux cette fois n'était plus celui d'une tante mais celui d'une usurière.

*

Quand il fut certain d'aimer vraiment sa compagne il lui avoua tout.

Elle lit les papiers et en fut atterrée. Elle se sentit blessée, ce fut son premier grand chagrin. Elle imagina de partir tous les deux au loin, très loin, mais on ne peut pas prendre des distances vis-à-vis d'une dette contractée car elle vous poursuit, elle court aussi vite que vous, elle vous talonne toujours, quelquefois même elle vous dépasse et vous oblige à respecter votre signature.

Le sort ? Qu'importe le sort ? L'accident, la maladie, qu'importe tout cela ? Seule la signature compte, quelles qu'en soient les conséquences. Tu rembourses ou tu crèves.

En le voyant si découragé, si déprimé, si abattu, sa compagne se ressaisit: « On fera face, lui dit-elle, on travaillera, on se privera et on remboursera.» Croyait-elle vraiment ce qu'elle disait ? Ce n'était pas le plus important. L'essentiel était d'être deux face au défi. On n'est jamais certain de sortir vainqueur d'une telle épreuve mais ensemble c'est deux fois plus facile. C'est cela l'amour, c'est que tout devienne deux fois plus facile.

Il fallait faire vite car le temps jouait contre eux et la dette augmentait chaque jour passé. Alors ils travaillèrent dur, firent tous les métiers les plus précaires, les moins payés, et le soir à l'heure où les autres sortent pour prendre le frais sur les hautes herbes du jardin, il jouait du violon près d'un massif de fleurs et elle faisait la manche auprès des quelques badauds qui s'étaient arrêtés.

Il fallut plusieurs jours pour recueillir sou par sou la somme qu'il avait empruntée.

Elle lui proposa de l'accompagner chez la Mantis mais il préféra y aller tout seul. Il lui donnerait tout ce qu'ils avaient et pour les intérêts il la supplierait. N'avait-elle pas dit qu'il pouvait se considérer comme son neveu ? Entre une tante et un neveu, elle pouvait bien faire un geste et renoncer au bénéfice puisqu'il lui rendait tout le capital. Il y alla confiant avec son sac plein de petites pièces.

– Je viens régler mes dettes dit-il en entrant.

Elle en fut étonnée. Avait-elle sous-estimé les possibilités du grillon ? Aurait-elle dû demander, dès le départ, des intérêts encore plus élevés ?

Elle lui ouvrit la porte et le fit asseoir. Cela lui prit un bon moment pour compter toutes les pièces et quand elle arriva à la dernière elle reconnut enfin que la somme annoncée était bien sur la table.

– Et les intérêts, dit-elle ? Ils dépassent maintenant la somme prêtée. Quand me les rembourseras-tu ? N'oublie pas que les intérêts rapportent eux-mêmes des intérêts.

–Vous voyez bien que je vous ai tout donné, que je n'ai plus rien. Ne pourriez-vous pas...

– Faire un geste... Oui, je vais faire un geste.

Le silence qui suivit ne dura qu'un instant mais il parut une éternité au grillon qui attendait la réponse.

Elle regarda encore le contrat signé, sembla compter ce qui manquait pour être quitte, puis redressa son buste et déplia légèrement ses grandes pattes antérieures bottées de rouge. Le grillon remarqua pour la première fois comme elles étaient hérissées de piquants et sentit comme un courant glacé le traverser de part en part.

Elle tourna la tête lentement dans tous les sens comme si elle réfléchissait, puis elle le regarda de ses grands yeux exorbités. Et, avant qu'il ait pu se sentir soulagé du courant glacé qui l'avait traversé, elle redressa encore sa tête, s'approcha de lui et brusquement lui planta ses mandibules dans la gorge. La tête du grillon se détacha aussitôt et roula sur la table en laissant couler un sang jaunâtre.

La dette du jeune grillon venait d'être totalement épongée.

Alors la Mantis commença son repas. C'était de la chair tendre qui frémissait encore, le festin qu'elle aimait sans légumes inutiles qu'elle ne supportait pas. Le grillon nourri seulement de plantes parfumées avait un parfum exquis. Cela craquait si bien sous la dent avec un son excitant qui ouvrait l'appétit. Seul l'agneau de pré-salé avait un meilleur goût, avait-elle entendu dire, mais elle n'y avait jamais goûté.

*

Lorsque le compagnon de Déa arriva, elle finissait son repas. Elle s'essuyait déjà le museau et les pattes quand il s'approcha d'elle. Il ne restait plus sur la table que l'archet du grillon, cet archet responsable de tout. Elle lui en fit cadeau considérant que ce n'était pas le meilleur morceau et faute de mieux il s'en contenta. Alors, après le dernier coup de mandibule, il hasarda une remarque :

– Si c'était pour le croquer ainsi, tu pouvais le faire la première fois qu'il est venu te voir. Tu es assez forte pour n'en faire qu'une bouchée. Pourquoi as-tu attendu si longtemps ? Tu as même failli y perdre de l'argent. Que de risques inutiles tu as pris !

La Mantis parut offusquée par de telles paroles. Son compagnon n'était décidément pas très malin, elle s'en était aperçue déjà une fois ou deux ces derniers jours.

Il venait de porter atteinte à son honneur qu'elle portait très haut. On ne dévore pas quelqu'un la première fois que l'on le voit. Il faut une raison, une très bonne raison pour justifier son acte, sinon on se déshonore. Quel mufle ! Pensa-t-elle.

Son rabougri de partenaire ne répliqua pas. Il approuva en silence. Une fois de plus, du haut de sa grande taille, elle l'avait persuadé, elle l'avait taclé, écrasé, il n'était plus qu'une ombre. Mais il savait qu'il lui restait encore une carte à jouer, la carte maîtresse, la carte fatale.

Mais fatale pour qui ?

*

La belle saison avait fini par s'installer définitivement et les fleurs, petites ou grandes, avaient depuis longtemps pris possession de la totalité du jardin. Toutes les couleurs de l'arc-en-ciel, depuis le violet des jeunes grassettes jusqu'au rouge des coquelicots, étaient représentées et les fleurs étalaient leurs pétales au soleil montrant ainsi leurs pistils qu'elles avaient cachés pendant si longtemps. Chacune se croyant sans doute seule dans l'enclos à moins qu'elle ne fût persuadée d'être la plus belle, et que cela lui donnait tous les droits.

En fait, toutes ces jeunes personnes attendaient. Elles attendaient ensemble ceux qui allaient les combler, ceux qui leur feraient des compliments sur leur robe parfois soulevée par le vent ou courbée par les gouttes de rosée. C'est pour eux qu'elles se décolletaient sans complexes car chacune savait que si elle était trop pudique, si elle faisait des manières, ils passeraient leur chemin sans même ralentir.

Ces galants si espérés étaient les syrphes qui chaque année à la même époque se posaient sur elles et leur parlaient d'amour.

Il y avait les jeunes, pleins de fougue qui volaient sur place dans un frémissement rapide de leurs ailes en attendant que chaque bouton de fleur veuille bien s'ouvrir complètement pour être les premiers servis.

Il y avait aussi les plus âgés qui, eux, volaient bien moins vite et préféraient les corolles ouvertes depuis la veille, voire depuis plusieurs jours, dont ils avaient déjà goûté plusieurs fois le pollen parfumé. Avec l'âge, ils avaient appris à reconnaître ces corolles-là de loin à la première ride que la nuit avait posée sur leur joue. Ils arrivaient doucement et se posaient sur elles sans voltiger autour, sans se pâmer, sans faire de manières car ils étaient reçus avec un sourire plein de tendresse puisqu'ils étaient attendus et revenaient toujours. Alors, une fois bien parfumés, tout couverts de pollen, tout colorés en rouge, en jaune ou en bleu, au lieu de repartir aussitôt à une prochaine conquête comme ils le faisaient quand ils étaient bien plus jeunes, ils s'attardaient, échangeaient quelques mots avec l'hôtesse, reprenaient des forces puis s'étant souhaité mutuellement bonne chance, ils s'écartaient parfois péniblement du pistil et prenaient leur envol pour se mettre à l'abri pour la nuit. La fleur les regardait partir et se demandait si le lendemain elle serait encore assez belle pour les voir revenir. C'était leur grand souci : demain serais-je encore assez belle ?

*

La Mantis jetait sur ces voltiges un regard mitigé car, bien qu'elle sût que la chair des syrphes était du premier choix, pour l'avoir autrefois goûtée, elle n'oubliait pas qu'ils étaient loin d'être naïfs et leurs réflexes, plus rapides que le vent. De plus, cette façon déloyale qu'ils avaient de se déguiser en guêpes rendait leur chasse dangereuse. Il fallait bien observer à qui on avait affaire. Sa sœur en avait fait les frais par son imprudence, par son manque d'attention. Elle avait reçu la piqûre mortelle en pensant se régaler de la tête du syrphe sans regarder le ventre. Cela avait servi de leçon à Déa qui ne referait pas la même erreur.

    Seul l'imprévisible hasard dans l'une de ses interventions exceptionnelles aurait pu lui offrir l'occasion de renouveler le festin. Mais elle n'avait pas la patience d'attendre le bon vouloir de cet être imprévisible qui n'est jamais là quand on a besoin de lui. Elle décida de forcer le destin et de préparer un piège qui doublerait ses chances de capturer un syrphe.

    L'idée en fut la suivante : elle chercha une grande fleur mauve, une fleur d'althéa ferait l'affaire, elle se placerait légèrement au-dessus, sur la tige voisine qu'elle imiterait de son mieux en jouant à fond de son mimétisme. Elle avait suffisamment de talent pour cela. C'était même son principal atout. Elle choisit la couleur de son habit et attendit. De là elle verrait tout, elle les verrait tous arriver, se poser, déguster et repartir. Mais si l'un d'eux avait une seconde de distraction, s'il oubliait un instant que toute fleur a son revers et que la vie est pleine de dangers, alors d'un bond elle se jetterait sur lui et dès qu'elle l'aurait touché il serait perdu. Le festin aurait lieu. L'eau lui en venait dès maintenant à la bouche.

    Ce fut un échec cuisant car sur ces fleurs éphémères, qui ne durent que quelques heures ne se posaient que les très jeunes syrphes, ceux dont la chère était la plus savoureuse sans doute mais aussi les plus vigoureux, ceux qui apparaissaient puis disparaissaient aussi vite que l'éclair et auxquels elle avait définitivement renoncé. Elle connaissait sa force, sa ruse, mais aussi ses limites.

Il fallait choisir une autre fleur, cette fois ce serait la grande marguerite avec les pétales tout blancs et son gros cœur d'or fin. Les herbes étaient hautes à cet endroit sauvage et puisque elle acceptait de rester immobile, personne ne la remarquerait. Elle était si près, si près, du centre de son piège. Elle aurait pu en sentir l'odeur en s'approchant encore un peu, si elle n'avait pas eu le nez bouché, mais ce n'était pas son problème, elle ne souhaitait pas se laisser distraire par quoi que ce fût ; elle n'était pas là pour ça. Elle était là pour ôter la vie et remplir son ventre avec les restes.

Elle dut s'armer de patience. La fin du jour la trouva à jeun mais elle ne bougea pas. Que pouvait-elle faire d'autre ?

Demain peut-être ?

*

Parmi les nombreux jeunes qui avaient vu le jour au début du printemps, volait aussi un vieux syrphe de l'année précédente qui avait hiverné dans l'orifice d'un tronc vermoulu. Il était encore vigoureux mais il se fatiguait vite et avait besoin de s'arrêter souvent pour reprendre des forces. Il savait qu'il ne passerait pas un nouvel hiver et se contentait de repas très légers qui ne l'alourdissaient pas et ne provoquaient pas chez lui un tant soit peu de somnolence. Une fois en vol il faisait encore illusion mais il lui fallait si longtemps pour décoller qu'aucun ami ne l'attendait plus. Il avait demandé à plusieurs reprises de l'aide à ceux qui en étaient chargés mais la procédure était si compliquée, si fatigante, si humiliante qu'il avait renoncé à se battre pour faire valoir ses droits. On lui avait dit d'ailleurs qu'il n'avait droit à rien mais il pensait que cela était injuste et que seul celui qui a suffisamment d'énergie pour se battre contre un ennemi anonyme peut espérer avoir le dernier mot. Alors il se privait d'un repas sur deux pour ne pas avoir honte de son état en quittant la fleur qui venait de lui offrir l'hospitalité.

   Tu reviens quand tu veux, tu seras toujours le bienvenu, bien que, de jour en jour, moi aussi je me fane et que les plats que je te prépare soient de moins en moins savoureux, lui avait dit la marguerite qui aimait les moments qu'ils passaient ensemble.

Ce jour-là il s'attarda un peu plus que d'habitude , elle avait tellement de choses à lui dire et il voulait attendre la fin. Il se décida enfin à partir. Il fit un premier pas vers le pétale qui lui servait de piste d'envol quand il se sentit pris dans étau hérissé de crochets qui transperçaient son ventre et l'empêchaient de respirer. Il ne vit pas le visage de la mort mais il comprit que c'était bien elle. Tout alla alors très vite et la Mantis se sentit fière de son ingéniosité dont elle venait de recueillir les premiers fruits.

*

Depuis déjà quelque temps la Mantis supportait mal son compagnon, de plus en plus mal, elle lui trouvait maintenant tous les défauts que jusque là elle avait refusé de voir et elle le soupçonnait même de lui préparer un mauvais coup. Cependant ce jour-là, au matin, elle le chercha et ne le trouva pas. Un léger agacement montrait qu'elle en était contrariée. Il était parti on ne savait où. Alors elle fut prise d'une sorte de nervosité inhabituelle, un mélange d'impatience de mépris et d'inquiétude qui ne lui ressemblait pas. Elle avait besoin de lui, oui maintenant, un besoin pressant tout de suite, là sur la brindille qui lui servait habituellement de mirador. Mais quelle humiliation ! Avoir besoin de lui, s'en servir, oui ! Mais avoir besoin de lui !

Elle avait très largement contribué au financement de la nouvelle maternité, elle en avait supervisé la construction et avait suivi très régulièrement l'avancement des travaux. L'inauguration était imminente, tout était fin prêt pour la cérémonie.

Ce n'était pas le moment que son compagnon s'éloigne sans prévenir et qu'il aille prendre du bon temps ailleurs. Elle voulait l'avoir sous la main à chaque instant. Elle ne supportait pas de le perdre de vue. D'ailleurs elle le lui avait dit bien en face suffisamment près pour qu'il entende, et le signe de tête approbateur qui en avait résulté semblait indiquer qu'il avait bien reçu la message.

Il revint peu avant le milieu de la journée à l'heure du repas, tout content de son escapade, toujours très sûr de lui, souriant, montrant que la promenade avait été salutaire et qu'il se sentait plus en forme que jamais. Persuadé qu'il n'avait pas à justifier d'où il venait, il se contenta de dire :

– Ah ! Je sens une petite faim.

Elle s'apprêtait à lui demander des explications et à lui faire des reproches mais elle se retint au dernier moment en se souvenant qu'elle avait vraiment besoin d'un partenaire au mieux de sa forme et que ce n'était pas le moment de le freiner dans son élan par un mot mal à propos. Il suffit d'un rien parfois pour tout faire capoter.

– Avec eux, on n'est jamais sûr de rien, se dit-elle.

Le jeu qu'elle envisageait avec lui valait bien une petite entorse à son amour propre. Puisqu'il avait une petite faim, cela tombait bien, elle lui montra qu'elle était bonne cuisinière et que ce qui avait mijoté tout le matin serait prêt dans un instant. Alors il se plaça derrière elle et fit glisser ses pattes le long des flancs de Déa en veillant bien à ne pas l'égratigner. Une fois en descendant et une fois en montant. C'est ainsi qu'il procédait toujours, elle savait à quoi s'en tenir. Aucun mot ne fut prononcé. Aucun échange verbal inutile ne vint ralentir le processus qui démarrait.

Elle, après l'avoir sagement attendu à la cuisine, comme il se doit, était maintenant comblée par le retour de ce compagnon qu'un grand bol d'air frais avait rendu égal à un dieu. C'est ce qu'il pensa, c'est ce qu'il pensait chaque fois en bombant le torse et en pénétrant Déa.

Cela dura longtemps et Déa sans en éprouver le moindre plaisir se sentait cependant l'égale d'une déesse mère au fur et à mesure que son rabougri de compagnon se vidait en elle, car de cette façon ses enfants, par centaines, à la saison prochaine rempliraient tout le jardin et domineraient le monde.

Des centaines de Mantis, voire des milliers qui porteraient le nom de leur mère car le nom de l'autre ne comptait pas.

Alors, quand elle sentit que la survie de l'espèce était largement garantie, elle tourna la tête d'un demi tour vers son partenaire qu'elle n'avait pas encore regardé depuis le début des ébats.

Il sourit, attendait sans doute un compliment mais le compliment ne vint pas. Alors d'un geste brusque elle planta ses mandibules dans son cou. La tête du rabougri ne tomba pas mais elle pendait maintenant attachée encore par un mince tendon au reste du corps. Déa regarda cette tête qui n'exprimait que de l'étonnement et d'un autre grand coup de mâchoire la cassa en deux et la croqua. C'était délicieux. La cervelle surtout, avec son goût légèrement acidulé, était succulente.

Elle se vengeait de tout, d'être tombée amoureuse, autrefois, d'un personnage pareil, d'avoir un temps confondu l'amour et l'intérêt, d'avoir subi les ricanements à peine dissimulés de ses compagnes lorsqu'il s'agissait de lui, et enfin de ne pas lui avoir dit bien en face ce qu'elle pensait des idées qu'il défendait. Elle se vengeait enfin et surtout de la dernière escapade qui l'avait obligée malgré elle à se faire du souci.

Alors, en voyant ce corps sans tête dont la seule partie utile était toujours en elle, elle décida de continuer son repas, à le manger méthodiquement en commençant par les épaules. A chaque coup de mâchoire le corps sursautait et chaque impulsion provoquait en elle un plaisir qu'elle n'avait jamais ressenti lorsqu'il était vivant. Les grandes pattes avant de l'ex-compagnon n'étaient pas comestibles, du moins pas à son goût : trop dures, trop sèches, pas assez de moelle. Elle les abandonna et elles tombèrent l'une après l'autre au milieu des herbes. Déjà quelques grosses fourmis commençaient à s'en approcher et l'une d'elles suçait déjà les minuscules gouttes verdâtres qui s'échappaient de la hanche. Le tronc fut grignoté méthodiquement. C'était un régal. A chaque bouchée, la partie restante frémissait, avait des spasmes qui provoquaient en elle un état second. Encore quelques enfants supplémentaires se disait-elle à chaque secousse. Quel homme, cet abruti, quel homme tout de même ! La tête mise à part, quel homme ! ne cessait-elle de penser. La moelle épinière était encore meilleure que la cervelle la saveur en était différente, plus sucrée, moins acide, plus voluptueuse. Il ne restait déjà plus que l'abdomen qu'elle entama lentement après avoir pris un court instant de repos pour reprendre totalement ses esprits et mieux recommencer. Une sorte de trou normand pour ainsi dire. Là, c'était encore autre chose, une crème onctueuse épicée révélant tous les parfums du jardin. Lui aussi avait goûté au syrphe, et récemment même, sans le lui dire, sa saveur mêlée aux autres ingrédients n'en était que meilleure. Et à chaque anneau attaqué, un nouveau spasme se faisait sentir. Encore un enfant ou deux, répétait-elle.

Quand elle arriva au dernier anneau elle se sentit totalement comblée. Un dernier coup de dent et tout aurait disparu de cet être méprisable. Tout sauf l'essentiel. Ce qui reste serai-t-il capable de me faire encore un enfant ? Elle donna le coup de dent fatidique, un peu de mélasse gicla mais Déa était déjà repue, c'était la bouchée de trop. Elle n'en fut pas écœurée mais l'avala sans plaisir. Depuis cet instant elle ne sentit plus rien, son compagnon avait disparu ainsi que sa raison d'être.

— Le dernier œuf aura été inutile, il mourra avant d'éclore, dit-elle tout haut, puis elle ajouta avec dépit : Il n'aura pas tenu jusqu'au bout, j'étais sûre qu'il me lâcherait en route. Tan pis pour le dernier enfant, de toute façon je ne l'aurais pas vu grandir. Il en reste encore suffisamment.

Déa Mantis jugea qu'elle avait accompli maintenant son devoir vis-à-vis du monde des vivants. Elle était fière de ce qu'elle avait fait et ne regrettait rien. Dès qu'elle sentit arriver les premières fraîcheurs de l'automne, lentement alourdie par son abdomen bien rempli, elle se dirigea vers la maternité d'Oothèque, sa ville natale, dont elle était maintenant la seule propriétaire et où tous les lits lui étaient réservés.

Grisou l'escargol

Grisou n'avait que quelques jours lorsqu'il commença à se déplacer. Certes le premier trajet ne fut pas bien long : à peine la longueur de son pied, et encore à si faible vitesse... car Grisou était un escargot.

Dès le lendemain de sa toute première prouesse il fut en âge de comprendre les choses les plus simples et sa mère lui expliqua en employant les mots les plus doux et les phrases les plus tendres que, tant qu'il serait petit, il faudrait se méfier du soleil et ne sortir qu'à la nuit tombée. Car, lui dit-elle, ta coquille est si mince que l'on voit à travers, et les rayons du soleil la traverseront sans difficulté et te brûleront. Même les enfants des hommes se protègent de lui par un petit chapeau et ne regardent au loin qu'à travers des verres fumés.

Quand tu seras plus grand et que ta coquille sera opaque tu pourras sortir quand l'envie te prendra mais tu devras constamment observer la couleur du ciel et n'entreprendre un long trajet qu'après une bonne pluie qui aura détrempé la terre car, si tu ne te fies qu'à la rosée du matin, le soleil aura vite fait de sécher les chemins et tu ne pourras les traverser qu'au prix de grandes douleurs. Quant aux podologues dont tu entendras parfois parler, nous n'y avons pas droit car ils soignent surtout les déformations de la voûte plantaire et cela ne nous concerne pas. Si le soleil est vif et le ciel bien bleu, tu seras alors en milieu hostile sans espoir de retour. Méfie-toi du mauvais temps qui dure parfois des semaines entières pendant lesquelles la grosse chaleur et la sécheresse persistante sont insupportables.

Le vrai bonheur, vois-tu, c'est de vivre toujours au voisinage d'un potager aux feuilles bien tendres qui retiennent les gouttes d'eau comme des perles et que les propriétaires du jardin arrosent dès que le temps sec est annoncé.

Grisou était charmé par les dires de sa mère, mais, il faut l'avouer, il se laissait bercer davantage par la mélodie que par la pertinence des propos qu'il entendait. Il aurait tout le temps de retenir ces longues phrases et, le cas échéant, il les lui ferait répéter, car il sentait sa mère pleine d'indulgence.

Il rêvassait déjà un peu depuis un moment quand il s'aperçut que la voix de sa mère avait changé de ton ; elle était devenue beaucoup plus grave et tenait d'autres propos. Les mots doux avaient disparu et la tendresse avait laissé la place à une fermeté, bienveillante certes, mais propice à affronter des sujets bien plus graves. Il se demanda si sa mère ne s'était pas éclipsée pour laisser la place à son père qui compléterait ainsi son éducation.

Tout cela lui parut bien étrange car il ne savait pas encore que sa mère était hermaphrodite et qu'un jour lui-même le deviendrait.

Ainsi, son père le mit en garde contre les dangers qui guettent les enfants lorsqu'ils s'attardent dehors alors que le soleil est depuis longtemps couché.

– Méfie-toi, lui dit-il, des couples de la famille des luisants comme Coléo et Véra, que l'on voit parfois passer, qui portent une lanterne et qui te proposeront d'éclairer ton chemin. Ce sont des prédateurs, ils se nourrissent d'enfants. Lui surtout, avec ses petites ailes, qui ressemble à un ange, il est bien plus rapide que toi ; si tu l'aperçois de loin, cache-toi car s'il te voit tu es perdu. Quant à elle, grasse comme un ver, raclant son ventre par terre au milieu des herbes, elle ne vole pas mais elle est sa complice. Elle est repérable à distance la nuit car elle porte la plus grosse lanterne, non pour s'éclairer mais pour que son mari la voie de loin car il est aussi peu dégourdi qu'il est méchant et il se perdrait dans un escalier. Elle aussi va plus vite que toi mais tu auras une grande longueur d'avance, ne te retourne pas et éloigne-toi d'elle aussitôt que tu l'aperçois.

Souviens-toi toujours que si par malheur tu te trouvais en face de l'un de ceux qui te veulent du mal, tu ne pourrais pas reculer car la nature qui nous a tant comblés de patience, qui a fait de nous des êtres prudents et réfléchis, ne nous autorise pas à battre en retraite.

*

Grisou mit en pratique les conseils de ses parents et grandit à l'abri du danger. Il était maintenant un jeune adulte, beau, plein de vigueur et heureux de vivre.

*

C'était un beau matin, comme il les aimait, encore tout détrempé par la pluie de la nuit. Son pied glissait sans effort, au hasard, d'une place à l'autre, à la recherche de la pousse la plus tendre, car il avait le temps et n'avait pas très faim. C'est au moment où il s'y attendait le moins qu'il vit de loin Grisette, son amie d'enfance. Il ne la reconnut pas tout de suite car le temps était passé depuis leur dernier jeu et le hasard les avait séparés. Il s'approcha, c'était bien elle, elle aussi le reconnut sans la moindre hésitation. Mais ils avaient tellement changé tous les deux. Que l'enfance était loin ! Elle était belle maintenant, très belle avec sa coquille un peu dorée. Il le lui dit en cherchant ses mots et elle en fut flattée. Lui aussi était beau, elle le lui dit, il reconnut la voix qu'elle avait autrefois , l'intonation lui revenait maintenant, il n'avait rien oublié.

Alors ils fêtèrent leurs retrouvailles sous une grande feuille d'hortensia, et cela dura longtemps, très longtemps car ils avaient beaucoup de choses à partager et beaucoup de temps perdu à récupérer. Et quand la dernière goutte de pluie tomba sur eux, ils se séparèrent en se promettant de revenir le lendemain.

Grisou dormit d'un sommeil d'ange et le lendemain, comme le temps était beau puisqu'on était à la mauvaise saison comme disait le propriétaire du jardin, il refit le chemin de la veille. Il apercevait déjà, au loin, à quelques mètres de lui, leur belle feuille d'hortensia et, tout en avançant, il éprouvait une sensation étrange, faite de coquetterie, de douceur et de charme qu'il ne connaissait pas.

Sous leur feuille d'hortensia l'attendait Grisette, très différente de la veille, très sûre d'elle, entreprenante et dominatrice. Il ne prononça pas son nom car il lui sembla qu'il n'était pas assez viril et ne fut pas étonné de l'entendre dire : « Hier tu étais bien beau mais aujourd'hui tu es encore plus belle. »

Ils ne s'étaient pas tout dit la veille, ils n'en avaient pas eu le temps et reprirent leur conversation là où ils l'avaient laissée le jour précédent. Chacun trouva dans les arguments nouveaux autant de plaisir qu'il en avait eu la veille. Et quand, enfin, ils trouvèrent qu'il était raisonnable de faire une pause à leurs ébats, ils se séparèrent et chacun reprit les occupations qu'il avait momentanément délaissées.

*

Coléo avait découvert les premières retrouvailles de Grisou et Grisette. Il s'était arrêté, s'était fait discret, avait vérifié que personne ne le voyait et en avait observé toute la durée des ébats au point d'oublier ce pourquoi il était sorti. Cela l'avait remué, tout son corps avait frémi. C'était nouveau pour lui de tels ébats si vigoureux, si loin du genre humain, si près du monde bestial. Mais cette première bouffée de chaleur passée, il y trouva de l'intérêt.

Il se demanda s'il en était ainsi tous les jours et décida, pour être certain qu'il n'avait pas rêvé, de se poster le lendemain à la même heure au même endroit.

Il partit avant l'heure, prit un chemin tortueux, vérifia que personne de son clan ne l'avait suivi et fit semblant de s'arrêter là, par hasard, pour se reposer un peu. Il s'installa bien confortablement comme au théâtre pour voir un spectacle qui n'aurait peut-être pas lieu puisqu'il n'était annoncé nulle part. Son obstination fut payante car au bout d'une heure la représentation commença. Il en eut, cette fois encore, plein les yeux et voyant l'heure avancer, il quitta sa place avant la fin de la séance pour rentrer à la maison.

Après avoir bien profité de la chose, il se demanda s'il devait la garder indéfiniment pour lui, comme un secret trop intime pour être partagé ou bien s'il en parlerait à sa femme en modifiant bien entendu le récit concernant son propre comportement. C'est ce qu'il fit.

— Je ne les distinguais pas très bien car au-dessus d'eux, une feuille d'hortensia m'en cachait parfois la vue, mais dès qu'un vent léger la soulevait, je les voyais tous les deux, accolés, se frottant l'un à l'autre, tout gluants de plaisir dans leur perversité réciproque. On ne pouvait plus distinguer l'un de l'une car ils se retournaient fréquemment et leurs coquilles, à tour de rôle baignées de soleil, s'entrechoquaient. Quelle honte ! Et les herbes sèches sur lesquelles ils étaient couchés faisaient du bruit que j'entendais même quand le vent cessait et que la feuille d'hortensia les cachait de nouveau. Et tout cela a duré longtemps car, lorsqu'ils ont commencé, le soleil n'était pas encore levé et il était déjà bien haut dans le ciel quand ils ont commencé à se séparer à contrecœur. Ils auraient bien voulu que cela ne cesse jamais mais ils étaient épuisés et leurs corps demandaient vraiment grâce à leur appétit intarissable.

Véra l'écouta sans broncher mais n'y tenant plus elle lui coupa la parole.

— Mais pourquoi as-tu observé si longtemps de telles horreurs, lui demanda Véra ?

— Pour pouvoir t'en parler et aussi pour savoir si je résisterais jusqu'au bout à tant d'infamie. Il faut parfois savoir prendre sur soi pour pouvoir témoigner. J'en suis tout retourné.

— Ce sont des monstres, ils ne sont pas comme nous. Ils sont pervertis dès le sein maternel. C'est ce qu' « Il » a dit n'est-ce pas ? C'est ce qu'il a dit.

— Oui, c'est ce qu'il a dit. Et il a dit aussi : « Qu'ils périssent en se fondant !»

— C'est ce que nous faisons. Nous sommes bien dans la norme de ce qu'il faut faire. C'est un sage, le Gourou, il faut écouter ce qu'il dit et toujours suivre ses directives. Souviens-toi de ce qu'il a dit la dernière fois : « Faut-il être tolérant ? Oui il faut toujours être tolérant, mais il ne faut surtout pas confondre la tolérance avec la complaisance. Il faut parfois faire appel à la « bravoure libératrice ». Soyez braves ! Libérez le jardin ! »

– Quand je pense à toutes les précautions que nous prenons pour que les actes indispensables de la nature ne durent qu'un instant et se passent loin de tous. J'ai toujours baissé l'abat-jour juste avant, sans l'éteindre totalement pour que tu puisses aller au plus pressé, le plus directement possible sans chercher inutilement. Ça me gêne d'évoquer cela. Bien que ce soit naturel ça me gêne. Le faire est une chose mais en parler froidement en est une autre.

Coléo opinait mais, sans laisser rien paraître, il se souvenait du dernier refus de Véra et il imaginait une scène où, en laissant de côté ce que la nature considère comme indispensable, il aurait immobilisé Véra et l'aurait possédée pendant toute la durée de la nuit, avec ou sans abat-jour, jusqu'à ce que le soleil se lève, pour lui montrer qu'il avait de la vitalité de reste. Et comme il savait que cela était impossible, car d'un seul coup d'abdomen, elle l'aurait renversé et lui aurait brisé les ailes, il n'en était que plus haineux vis à vis de Grisou et de son compagnon. Il ferait tout pour qu'ils payent chèrement leur liberté d'aimer.

Comment peut-on facilement accepter sans broncher chez les autres ce qui vous a toujours été refusé à vous même ? C'est moralement totalement impossible. Donc, il se vengerait. Il n'y avait pas, pour lui, d'autre issue.

*

Les amies de Véra s'étaient maintenant groupées pour goûter le potage qu'elle avait préparé. C'était un souper aux chandelles ; chacune avait apporté la sienne. La grande soupière en forme de coquille était sur le dos pour éviter que la précieuse substance ne coule. La première qui se servit trouva le potage un peu épais et d'un commun accord Coléo fut chargé de le fluidifier encore un peu en se faufilant à moitié à l'intérieur du récipient. Lorsque tout fut prêt, on bascula suffisamment la soupière pour que le corps liquéfié commence à couler sur le bord et chacun se régala jusqu'à satiété.

Alors les commérages commencèrent. On parla de tout, au début, pour amorcer la conversation mais on en vint rapidement à critiquer ceux qui ne respectent pas l'ordre normal des choses ; l'ordre qui vient d'en haut, de si haut que personne ne pourrait citer celui qui a décidé et imposé aux autres ce qui est normal et ce qui ne l'est pas, bref, l'ordre qui va de soi, celui qu'on ne discute pas.

Aucun des invités n'eut une pensée, même hypocrite, pour l'escargot qui avait fait les frais de leur festin et qui, peu de temps avant, passait tranquillement devant chez eux sans rien demander à personne.

– Si je vous disais tout ce que mon mari a vu, l'autre jour, cela vous soulèverait le cœur, dit Véra à sa meilleure amie, tout doucement, presque à l'oreille, pour ne pas être entendue des autres invitées.

– Racontez-moi !

– Quand nous serons seules toutes les deux, je vous le promets. Ce ne sont pas des choses que l'on peut étaler devant tout le monde, j'aurais trop honte. On pourrait penser que je décris ces choses-là avec complaisance. Mais entre bonnes épouses on se comprendra à demi- mot.

– Je m'en doute un peu, fit l'autre. Il s'agit encore d'un petit gris ?

– De deux, ma chère, de deux !

– Après cela, on ne s'étonnera pas de la décadence des mœurs. Il y a dans ce jardin, un très grand laisser-aller, c'est l'anarchie totale, oui, je dis bien l'anarchie, c'est d'ailleurs pour cela qu'on l'appelle le jardin sauvage. Quand on voit passer ces grands gaillards avec leur grand sac à dos dans lequel ils ont tout et qui leur sert de maison, marchant toujours d'un pas nonchalant avec arrogance sans s'occuper des autres, laissant toujours des traces baveuses de leur passage, quelle humiliation pour les honnêtes gens comme nous ! Ils sont vraiment le symbole de la nonchalance, de la fainéantise même. Le Gourou l'a bien dit lors de son dernier sermon. Vous y étiez ? Oui, bien sûr, vous y étiez.

– Mais que faire ? Il faudrait une autorité, il n'y a pas d'autorité, chacun fait sa propre loi comme s'il était tout seul. Il faudrait que nous ayons priorité sur tout, nous qui sommes normaux. Mais pourquoi ne les empêche-t-on pas de grandir, ces gens-là ? Après, c'est trop tard, une fois adultes ils vous écrasent de tout leur poids. Ils sont tellement nombreux et quand on sait comment ils se reproduisent. Je vous ai raconté ce que mon mari a vu. Vous vous en souvenez ?

– Je voudrais oublier mais je n'y arrive pas. Une horreur, vraiment une horreur ! On fait bien en sorte d'en éliminer quelques-uns, mais cela ne suffit pas car nous sommes presque seuls à nous dévouer, avec les risques que cela comporte. Nous ne pouvons agir que la nuit, et dès qu'il pleut nos maris ne volent plus et restent à l'abri des gouttes.

*

Véra sentit dans son corps, comme les fois précédentes, qu'elle était appelée à assurer la pérennité de l'espèce, que c'était le tribut à payer très régulièrement pour la survie du monde et qu'on ne pouvait pas se dérober. Même le Grand Gourou leur avait signifié que cela était un devoir, le devoir suprême, qu'elles étaient les élues chargées d'en assurer la réussite et de faire en sorte qu'il n'y ait pas de déviation aussi inutile que dégradante. Il avait bien insisté sur ce qui était naturel et ce qui ne l'était pas et pour celles qui n'avaient pas très bien saisi ses propos, les plus jeunes, il avait organisé des séances supplémentaires pour qu'elles voient bien la chose et pour qu'en sortant de là elles aient parfaitement compris ce qu'il en était et ce qu'il était interdit de renouveler.

Elle n'avait pas mangé depuis deux jours. Mais elle s'était préparée pour l'événement, ou plutôt pour la formalité, comme c'était son devoir, chaque fois, pour que cela se passe tel que la nature l'avait prévu, le plus vite possible et avec la probabilité maximale de réussite. Elle s'était placée au fond du jardin discrètement, comme si de rien n'était, bien avant la nuit, et dès qu'elle n'avait plus distingué les formes autour de son refuge, elle avait allumé son abat-jour. Elle avait prévenu Coléo.

– Tu ne seras pas en retard, dès que tu verras l'abat-jour allumé tu devras accourir. Tu verras la lumière de loin et ne traîne pas en route comme la dernière fois où j'ai failli attendre.

Elle ne supportait pas que l'on soit en retard, car si elle devait l'attendre, elle aurait sans aucun doute des pensées orientées vers la chose et elle ne voulait pas avoir de mauvaises pensées. Elle voulait que cela ne soit qu'un fait banal, un non événement.

Elle attendit longtemps et lorsque le jour se leva, Coléo n'était toujours pas arrivé. Pendant des heures elle le maudit, lui trouvant tous les défauts, le jugeant trop mollasse et même indigne d'apporter sa contribution à la pérennité de l'espèce. D'autres mâles volèrent dans le voisinage, en quête d'une bonne rencontre. En tant qu'honnête épouse, elle fut obligée de s'enfoncer à moitié sous les feuilles mortes pour que sa lanterne, qu'elle ne pouvait plus éteindre, ne les attirât pas. Ils n'avaient pas besoin d'excitants, mais plutôt de freins. Tous les mêmes, à des degrés divers, mais tous les mêmes. Ils n'étaient pas tous comme son mari, loin s'en faut. Elle avait bien su le freiner, le dresser, et il s'était fait une raison comme il se doit, jamais le moindre petit excès car il était raisonnable. Parmi ceux qui s'offusquaient de la moindre dérive, certains étaient très rigoureux dans leurs principes tout simplement parce qu'ils n'avaient eu l'occasion favorable. Elle ne le savait pas avec certitude mais n'en aurait pas été étonnée. Ce n'était pas le cas pour son mari : falot peut-être, mais honnête. Ce n'est qu'au petit matin qu'elle s'inquiéta un peu pour Coléo, non parce qu'elle doutait de sa fidélité, et qu'il ait trouvé, avant d'arriver, un autre abdomen lumineux, mais parce qu'il n'était pas, lui non plus, à l'abri d'un prédateur.

Il n'arriva que le lendemain à l'heure prévue pour la veille. Il se confondit en excuses, il s'était trompé, ou plutôt il avait été trompé par des lumières plus puissantes de plusieurs couleurs, placées au bord du jardin par le propriétaire, Elles l'avaient désorienté et il avait tourné en rond de l'une à l'autre à mesure qu'elles passaient du vert à l'orange et de l'orange au rouge, jusqu'au moment où la grande clarté du jour avait tout délavé.

L'inquiétude de Véra disparut d'un coup à sa vue et le mépris la remplaça aussitôt. Elle se sentit vexée, humiliée même, qu'il ait pu confondre son corps autrefois sensuel et désirable, dont elle avait toujours réussi à étouffer les pulsions, avec un lampadaire quelconque. La confondre, elle, avec un objet inanimé, et pire, lui préférer l'objet stérile autour duquel il s'était épuisé en vain toute une nuit. Espérait-il assurer la survie de l'espèce de cette façon-là ? Dans sa fureur elle regrettait presque de s'être cachée à ceux qui, eux, ne s'étaient pas trompés d'abat-jour. Si elle avait été légère, elle l'aurait fait, mais elle voulait être un modèle de rigueur morale et l'idée n'avait été que furtive. Furtive certes mais réelle.

Elle avait résisté. Au prix d'un effort considérable certes mais elle n'avait pas cédé. Elle avait pourtant vu le bord du précipice, le vertige l'avait décontenancée un instant mais le devoir l'avait emporté. « Quel abruti ! il arriverait presque à me donner des pensées malhonnêtes.» Déjà elle en avait honte et ne manquerait pas d'en faire part au Gourou. Cela ne l'empêcha pas de se souvenir qu'autrefois, il y a bien longtemps, quand elle était jeune, elle avait cédé à une tentation. Elle avait même ondulé légèrement pour dire au premier venu qu'elle voulait bien essayer. Mais c'était il y a si longtemps, une seule fois, ce n'était pas vraiment un péché, une faiblesse d'adolescente tout au plus. Oui, rien qu'une faiblesse, pas un péché. Elle n'en avait jamais parlé au Gourou. Elle avait chassé de sa mémoire le nom du vainqueur et les détails de la chose, sauf le fait qu'elle avait ondulé, et cela lui revenait parfois, pour la culpabiliser encore et lui rappeler qu'il ne faut tolérer le moindre faux pas.

Une fois, elle avait pensé se libérer de ce fardeau honteux en l'avouant au Gourou mais elle avait renoncé préférant se punir elle-même en y pensant.

Quand Coléo s'approcha d'elle après avoir repris son souffle, pour réparer le malentendu de la veille, elle le repoussa d'un coup de rein en lui disant qu'il était trop tard, que le temps était passé, que cela ne servirait à rien et qu'elle n'en voyait pas l'intérêt. Un tel devoir fait à contre temps n'en était pas vraiment un, c'était une malhonnêteté.

Elle le traita de pervers pour avoir osé venir.

– Il n'y a pas que la survie du monde, lui dit-il. Il y a aussi que je suis ton mari depuis longtemps.

Mais elle ne voulut rien savoir. Elle ne faillirait pas inutilement pour le contenter. Cela aurait dû être une formalité, c'était un non événement qui n'avait même pas eu lieu. Elle pourrait continuer à affirmer tout haut qu'elle était irréprochable et ne tolérerait aucun écart aux autres.

Cette nuit-là ils allèrent tous les deux à la chasse aux enfants dont la coquille était encore translucide. Et, en effet, ils en trouvèrent plusieurs qu'ils mangèrent aussitôt. Il fallait bien garder la forme jusqu'à la prochaine fois car ce petit contretemps n'empêchait pas la Terre de tourner ni l'herbe de pousser dans le jardin.

*

Lorsque Grisou eut besoin de mettre à jour ses documents pour pouvoir aller et venir d'un bout à l'autre du grand jardin, et même éventuellement en franchir les limites pour se changer un peu les idées, il s'adressa aux autorités. Ce ne fut pas facile car dès la première démarche, il ne sut quoi répondre à la question posée : « Où habitez-vous ? »   On lui dit de revenir quand il aurait la réponse, n'importe quelle réponse pourvu qu'elle soit plausible. Car, lui dit-on, « Si vous n'avez pas d'adresse, vous n'existez pas pour nous. »

– Il faut remplir la case blanche qui clignote et la machine ne doit pas refuser la réponse, lui dit-on.

Bien sûr, ils ne niaient pas son existence dans l'absolu, mais ils n'en avaient que faire de cette existence-là, puisque de toute façon ils ne le reverraient sans doute pas de sitôt. Non, ce qu'ils voulaient c'était une trace à un moment donné ; peu importait si une heure après elle était devenue caduque.

Etant très peu chicaneur, discipliné et totalement indifférent aux subtilités administratives, il n'osa pas discuter les fondements de la société moderne, ce qui d'ailleurs n'aurait servi à rien, et repartit de son pas nonchalant à la recherche de la preuve qui lui manquait.

Il repéra la feuille de laurier qui lui servait parfois de résidence, et en nota l'emplacement par rapport aux allées du jardin. Ce fut très simple ; il aurait pu y penser avant. Il avait maintenant un domicile qu'il pourrait faire valoir tant que l'hiver ne serait pas venu, car, à la première gelée, son toit sécherait et tomberait. Mais l'autorité coutumière régisseuse du jardin ne se préoccupait pas de ce genre de détails.

Il dut attendre la nouvelle pluie pour pouvoir retourner au siège administratif car il était assez loin et Grisou n'avait pas d'autre moyen que d'y aller à pied. Et quand on n'a qu'un pied on va deux fois moins vite que quand on en a deux.

Ce fut un autre préposé qui le reçut et qui ne lui demanda pas d'emblée où il habitait ; cela semblait secondaire pour lui.

– Vous avez profité de la bonne pluie qu'entraîne le changement de lune pour venir, demanda-t-il ?

Grisou le regarda sans réagir et l'autre le prit pour un ignare. Il dut remplir des cases sur un formulaire : « Indiquer le chiffre 1 pour masculin, le chiffre 2 pour féminin et le chiffre 3 pour les autres cas. »

Il marqua effectivement le chiffre 3 et passa à la suite, car il savait faire partie d'une minorité. Mais en voyant cette case cochée, le préposé, qui, lui, était du chiffre 1 et fier de l'être, le regarda bizarrement comme une erreur malsaine de la nature. « La nature fait bien les choses », entendait-il dire parfois et pourtant que d'aberrations elle commettait, qu'il fallait corriger pour que tout tourne à peu près comme les textes de loi le prévoyaient.

Cette fois encore il pourrait agir, à son modeste niveau, comme il en avait pris depuis longtemps l'habitude, pour signaler un dysfonctionnement.

Grisou s'en aperçut et sentit que le préposé n'en resterait pas là, qu'il ferait quelque chose ; il ne savait pas vraiment quoi, mais cela ne pourrait que lui nuire.

Il ne tarda pas à recevoir, sous la feuille qu'il avait déclarée comme résidence principale, une convocation pour une visite médicale de contrôle.

Il regretta d'avoir inscrit le chiffre 3 sur l'imprimé. Il n'aurait pas dû. Cela serait passé dans la foulée car le préposé n'avait même pas levé la tête avant que le mauvais chiffre attire son attention. Ce sont les chiffres qui attirent l'œil de ces gens-là, pas la tête du demandeur. Grisou payait maintenant le prix du regard que le préposé avait posé sur lui.

— Vous comprenez, lui dit le médecin, vous n'êtes pas normal, vous ne vous sentez pas bien n'est-ce pas ?
- Je me sens le mieux possible, je ne demande rien, lui répondit Grisou
- Ce n'est pas possible de bien se sentir dans votre état. Vous vous êtes habitué, résigné, voilà tout !

Il faudra pourtant vous décider car par une loi récente, la case numéro 3 va disparaître des formulaires dès que les décrets d'application sortiront.

Pour le moment l'opération chirurgicale est fortement conseillée et elle deviendra certainement obligatoire. Tant que les décrets ne sont pas parus, vous pouvez choisir librement dans quelle case vous voulez être admis. Si vous tardez trop à vous décider, le choix personnel deviendra impossible, il deviendra administratif et tout dépendra alors des besoins du pays. Nous avons reçu des instructions pour réserver la case numéro 3 à titre provisoire pour ceux qui prennent dès maintenant rendez-vous pour l'opération.

Écoutez bien mon conseil, d'ailleurs l'opération est indolore puisqu'elle se fait sous anesthésie totale. Vous ne payerez en principe que la consultation préalable chez l'anesthésiste.

Grisou n'avait pas la moindre envie de se faire enlever la moitié de lui-même et ne répondit pas. Après un long moment de silence total, voyant que le médecin le regardait fixement et attendait quelque chose, il se décida :
– Je réfléchirai.
– N'attendez pas trop, le plus tôt sera le mieux.
Il quitta l'établissement bien décidé à ne jamais y remettre son pied.
Changeant régulièrement de domicile, sans toutefois quitter le jardin, il devint injoignable et ne fut plus convoqué nulle part.

*

Grisou eut la confirmation, une fois de plus, que certains occupants du jardin n'aiment pas ceux qui transportent sur leur dos tout ce qu'ils possèdent ; ils les méprisent et ne respectent que ceux qui ont un bon nid bien situé qu'ils fréquentent régulièrement et où on peut les joindre en cas de besoin. Ils aiment les gens qui ont l'allure légère, qui se déplacent vite et qui, pour ne pas être surchargés par des fardeaux trop volumineux, ont laissé tous leurs biens en sûreté dans un endroit codé qu'ils n'ont pas dévoilé.

Grisou sentit alors comme sa coquille était lourde et risquait de basculer à tout moment l'obligeant à une démarche lente comme s'il n'était pas pressé de se rendre quelque part, comme s'il n'avait nulle part où aller vraiment.

*

C'est à cette époque qu'eut lieu l'assemblée annuelle du jardin car, même s'ils n'en étaient que locataires, tous les occupants participaient à la vie discrète du lieu à l'indifférence totale du propriétaire, homme peu attentif, qui n'en voyait que le résultat global sans en soupçonner les détails. Il était considéré par les occupants du jardin comme un dieu tout puissant qui vivait hors de leur univers, et qui avait, à l'origine, installé dans cet éden un couple de chaque espèce et ne s'en était plus occupé depuis, les laissant prendre leurs responsabilités quitte à les juger une fois leur vie finie. Les juger, oui peut-être, c'est ce qu'ils croyaient car en réalité il avait mieux à faire que de s'occuper d'eux après leur mort.

Parfois il était tellement en colère contre eux, qu'il provoquait un génocide terrible qui s'abattait sur tout le jardin sans faire de nuances et alors, une énorme roue dentée et tournante, en quelques instants répandait la mort autour d'elle. Il lui était même arrivé d'inonder le jardin, en détournant momentanément le ruisseau qui le longeait, et de noyer ainsi la quasi totalité de ses habitants, seule une petite minorité avait réussi à se sauver des eaux en grimpant sur une branche morte qui flottait.

Cependant ces excès de colère étaient rares, on en parlait mais personne n'en avait été témoin, même les arrière-grands-parents ne les avaient pas connus et s'étaient contentés de leur transmettre l'information oralement.

Entre deux calamités, pendant la période de calme, la vie avait repris son train-train.

Peu à peu, avec le temps, quelques lois non écrites étaient apparues et certains s'efforçaient de les faire respecter sans oublier de les interpréter à leur façon et de les adapter à leur avantage.

Coléo et Véra s'étaient attribué, avec l'accord tacite des autres, le rôle de coordonnateurs de l'espèce avec l'aval du Maître qui ne se doutait de rien. Ils fixèrent la date fatidique de l'assemblée, prévinrent leurs cousins qu'ils voyaient peu mais dont ils étaient sûrs qu'ils voteraient comme eux.

D'abord les Drilus, dont Favia était la cousine germaine de Véra.

– Tu garderas pour toi tes réflexions désobligeantes sur l'embonpoint de Favia, dit Véra à son mari.

C'est vrai qu'elle était énorme Favia, et Coléo s'était permis, en son absence il est vrai, quelques calembours ineptes sur son tour de taille, la saison précédente.

Puis les Dorus qu'ils ne fréquentaient qu'en cas de nécessité absolue car ils étaient considérés comme des arrivistes profitant de leur position sociale pour se servir les premiers.

Cependant, la Carabétine ne manquait jamais de leur envoyer une carte de vœux au moment voulu à laquelle ils étaient, bien malgré eux, obligés de répondre.

Lorsque les Drilus, les Dorus, les Lampyres et les autres parents éloignés furent réunis, il restait encore quelques places et on permit à certains voisins dont on avait repéré la convergence des convictions de s'associer à l'assemblée pour que le résultat du vote soit encore plus massif.

On changea le lieu de la réunion au dernier moment pour que ceux qui se déplaçaient lentement, en particulier les petits-gris, ne puissent pas arriver à temps.

L'assemblée annuelle, simple réunion formelle les années précédentes où on se contentait de s'écouter parler, devait prendre cette fois une importance capitale ; une sorte de constituante en quelque sorte puisqu'on allait enfin rédiger un règlement intérieur au jardin avec les droits et surtout les devoirs de chacun.

On s'aperçut rapidement de la difficulté de la chose car pour pouvoir dégager une majorité il fallait rester dans le vague et rédiger des paragraphes que chacun pourrait ainsi interpréter au mieux de ses intérêts.

Il y avait des experts pour ce genre de travail et la meilleure méthode consista à prendre le problème à l'envers, à partir des interprétations possibles, et à obtenir un texte compatible avec elles.

Le résultat avait une connotation sévère, dans l'intérêt de tous, chacun y vit les contraintes destinées aux autres espèces et la liberté pour soi. Faute de pouvoir agir sur les pensées, car chacun était conscient que l'intérieur des cervelles resterait encore longtemps inexplorable, on réglementerait la vie publique et rien de choquant ne serait plus toléré.

Une large majorité se prononça et le quorum des présents étant largement atteint le nouveau règlement fut adopté et entrerait en vigueur dès qu'il serait publié sur l'organe officiel.

En l'occurrence, l'organe officiel était une grande feuille d'acanthe et le texte resterait valable jusqu'au moment où la feuille sécherait et où le vent d'hiver la ferait tomber.

Une fois l'assemblée annuelle terminée, la fête continua chez les luisants mais tous ne furent pas invités. Coléo et Véra avaient établi une liste précise : d'abord la famille puis les driles, les carabes , les lampyres et les autres ayant les mêmes instincts.

Beaucoup d'entre eux n'avaient pas entendu la moitié de ce qui avait été dit à l'assemblée car ils étaient presque sourds. Mais peu importait puisque Coléo et Véra s'occupaient de tout.

Après s'être bien mis d'accord sur l'interprétation de certains paragraphes du nouveau règlement, la fête enfin commença vraiment. On mangea, on but, on chanta des chants à la gloire des espèces nobles, on fustigea les autres espèces, on mit la sono à fond et on dansa.

Tout le monde hurlait pour se faire entendre

Les filles levaient les bras en s'agitant et sautillaient sur place. Quant aux garçons, profitant de ce qu'elles avaient les bras en l'air, ils les enlaçaient de sorte que, se sentant soutenues, elles sautillaient encore plus haut.

Ce fut une soirée magnifique, on fit connaissance, on se reverrait, promis. La vie deviendrait bien meilleure maintenant. Le paradis était à portée de main, il ne dépendait que d'eux qu'il reste un paradis si l'on empêchait les intrus de mal faire.

*

   Grisou n'assista pas à la fête des luisants, il savait que s'il s'approchait il serait dévoré, mais il les voyait de loin et savait que tout cela n'annonçait rien de bon car il habitait maintenant un quartier à l'abandon dans le fond du jardin, là où tout le monde n'a pas les mêmes droits et celui qui ne demande rien aux autres est seulement toléré. Mais dès demain, se dit-il, celui qui ne demande rien aux autres sera considéré comme un parasite et il sera alors licite de le persécuter. Et ceux qui s'en chargeront ne sont pas plus riches que moi mais on leur a désigné le responsable de leur pauvreté et à demi-mot on leur a suggéré qu'ils pouvaient tout se permettre. Et Grisou savait qu'il ne pouvait pas changer de quartier car, là où il était autorisé à aller, les prédateurs l'attendaient déjà.

*

   Il avait beaucoup plu cette nuit-là, une pluie forte qui n'avait cessé qu'au petit matin. Les époux Coléo étaient restés à l'abri, sans manger car lui, lorsque ses ailes étaient chargées d'eau, ne pouvait plus décoller et ses petites pattes lui faisaient mal dès qu'il essayait de marcher.

Quant à elle, elle détestait avoir le ventre dans l'eau, ses bourrelets faisaient « flop, flop » et cela lui donnait des complexes car elle n'avait jamais renoncé à croire, malgré son âge, qu'il lui restait encore des éléments de séduction. Cependant, le ciel était maintenant dégagé et ils espéraient bien reprendre leur chasse la nuit suivante.

Grisou avait passé la nuit dans sa coquille collée au-dessous d'une grande feuille comme il aimait le faire pour que les grosses gouttes ne lui tombent pas directement dessus. C'est le bruit, surtout, qu'elles faisaient sur sa coquille qu'il ne supportait pas. Quand il ouvrit les yeux, le soleil était déjà levé mais le temps était superbe. Tout était mouillé et le resterait au moins jusqu'à midi. Il n'avait pas faim et aurait pu rester là sans bouger encore un moment mais il se dit qu'un peu d'exercice, une petite marche, serait salutaire et c'est ce qui le décida. D'ailleurs, il rencontrerait peut-être Grisette, pourquoi pas ; cela faisait déjà quelque temps qu'il ne l'avait pas vue et elle commençait à lui manquer.

Sa promenade à peine commencée, quelque chose dans le ciel attira son regard : c'était une coccinelle qui venait de s'envoler et prenait de l'altitude. Pourtant son vol était hésitant comme si elle avait eu mal quelque part. Cela l'intrigua et il resta longtemps à la regarder s'éloigner puis il reprit son chemin.

Il n'avait encore parcouru que quelques longueurs et se trouvait déjà en terrain découvert lorsqu'il fut soulevé brusquement par une main énorme qui le projeta dans un sac où se trouvaient déjà d'autres escargots. En tombant sur le dos, il entendit résonner derrière lui le bruit des coquilles qui s'entrechoquaient sans se casser, à la limite de leur résistance. Il se retourna puis se redressa et sentit qu'il gênait les autres dans l'espace exigu où il se trouvait. Les autres aussi s'agitaient. Tous auraient voulu plus de place. Ils étaient entassés sans ménagement pour être transportés vers un destin tragique. Ils ne savaient pas ce qui leur arrivait, ils n'imaginaient pas qu'une telle chose fût possible. Dans l'obscurité, il sentit que l'on déplaçait le sac qui se balançait continuellement et parfois un autre escargot lui tombait dessus. Étonné lui aussi d'arriver à cet endroit dont il ne soupçonnait pas l'existence ; il n'y voyait presque rien et pourtant, parfois au cours du mouvement du sac, un rayon de soleil traversait les mailles de jute et éclairait le dos de ses congénères. Puis le sac s'ouvrit en grand et quelques coquilles toutes mouillées tombèrent d'un coup. C'est alors qu'en se retournant il aperçut Grisette. Un peu assommée par la chute, elle resta un instant dans sa coquille, puis elle sortit timidement la tête juste pour voir ce qui arrivait, mais elle ne le reconnut pas immédiatement. Elle s'enfonça de nouveau dans son abri nacré croyant échapper ainsi pour un moment aux incertitudes de ce milieu hostile. A ce moment-là, rien n'était joué, rien n'était perdu, on ne savait pas ce qu'il y avait au bout du voyage, rien peut-être, un simple transfert. C'est ce qu'ils s'efforçaient tous de penser en se le répétant mutuellement sinon pour se rassurer, du moins pour se donner du courage.

Le voyage dura longtemps et finit dans une grande caisse aux parois élevées couronnées de clous infranchissables.

Pourquoi était-il là, dans cette prison obscure ? Quelle faute avait-il commise ? Il ne le sut jamais pendant le temps que dura sa captivité. Et pourtant, il avait commis le plus grand crime qui puisse exister : il s'était trouvé là, au mauvais moment. Tous ceux qui se sont trouvés là au mauvais moment l'ont chèrement payé ; la plupart y ont laissé la vie.

Grisou ne devait plus revoir le jardin qui l'avait vu grandir et du fond de la grande caisse en bois qui était maintenant son univers, privé de ciel bleu et de nourriture, il pensait à cette feuille d'hortensia qui avait abrité deux jours de suite ses amours avec Grisette.

Cependant, toujours dans le jardin, la vie continuait pour les luisants. Ils n'étaient pas inquiets pour l'avenir car des enfants petit-gris avaient échappé à la rafle, soit parce qu'ils s'était cachés, soit parce qu'ils étaient trop petits et que le grand Maître ne s'était pas donné la peine de se baisser pour les ramasser considérant qu'ils n'en valaient pas la peine.

On aurait donc de quoi manger et on veillerait désormais à en limiter le nombre pour rester toujours les maîtres du jardin. Ce nettoyage apparaissait logique à Coléo et de Véra qui avaient été témoins de la scène. Ils avaient vu le Maître mettre de l'ordre dans leur jardin. Pour eux c'était la justice, la justice absolue, celle qui leur avait toujours indiqué le droit chemin, qui se manifestait. Elle existait donc bien quelque part comme ils l'avaient toujours pensé et, leurs suppliques entendues, elle se décidait enfin à intervenir pour débarrasser le jardin de celui qui n'était pas comme eux et surtout qui s'assumait tel qu'il était sans rien demander aux autres. Comme si on avait le droit de revendiquer quelque chose quand on n'est pas comme les autres.

Ce n'est pas qu'ils n'étaient pas tolérants. Si ! ils étaient bien tolérants à condition toutefois qu'il n'y ait rien à tolérer.

Ils retourneraient dès que possible revoir le Gourou pour lui dire qu'ils avaient eu la chance d'assister à une grande action du Maître.

« C'était une opération absolument nécessaire » leur dit-il, puis il les félicita en leur recommandant de ne pas cesser d'être tolérants.

Zigo la demoiselle

Lorsque Zigo perça la surface de l'étang et qu'elle vit pour la première fois le monde subaquatique elle fut émerveillée. L'air très parfumé dans lequel elle pourrait désormais voler à son aise au milieu des fleurs lui sembla un monde magique plein de lumière et de toutes les couleurs loin du bas fond obscur et vaseux où l'œuf dont elle était née avait passé l'hiver. Cet œuf était resté longtemps au fond de la mare, se transformant peu à peu, là où tout est gris, et où l'eau trouble ne gèle jamais, malgré la glace hivernale qui, en surface, supporte allègrement le poids des patineurs du dimanche. Car Zigo était une demoiselle bien que, de loin, un promeneur non averti l'aurait sans doute appelée tout simplement une libellule.

Ses premiers gestes ne furent pas très élégants sur la frontière entre les deux mondes, vaste nappe élastique qui la supportait sans effort lorsqu'elle cherchait gauchement à se déplacer. Jamais plus elle ne pourrait passer de l'autre côté de la nappe et revenir dans l'univers prénatal. Mais cela ne lui causa aucun regret ni aucune nostalgie ; le passé ne l'intéressait plus car elle avait hâte de vivre. Elle savait que la lumière chaude du soleil lui était maintenant indispensable pour mettre en valeur ses plus beaux habits et déjà elle devinait que sa première robe serait d'un bleu étincelant et elle serait fière de la porter.

C'est bien ce qui se produisit et, peu de temps après, toutes les fleurs la sollicitaient et la priaient de se poser sur leurs pétales pour que, par contraste, leurs couleurs s'en trouvent vivifiées et que le bleu de ses ailes en modifie la teinte en filtrant la lumière du soleil.

Les fleurs du bord de l'étang furent privilégiées. Même les plus modestes marguerites eurent droit à sa sollicitude. Elle se posait sur elles souvent refusant de s'éloigner du beau miroir qu'elle avait traversé en naissant et où elle se mirait toujours avec fierté. Zigo n'était pas une grande voyageuse. Elle n'allait pas dans les régions lointaines pour y trouver des fleurs rares et exubérantes dont le parfum l'aurait enivrée. Non, elle ne perdait pas de vue la limite des deux mondes comme si elle savait que quelque chose se produirait là, dans un lointain futur. Mais tout cela la dépassait pour le moment. Elle n'avait nul besoin de se poser des questions sur le sens de la vie et son insouciance et sa vivacité la rendaient totalement heureuse.

*

Elle s'aperçut bien vite qu'elle n'était pas seule au bord de l'étang. Des dizaines de compagnes toutes habillées de couleurs vives, en bleu profond, en bleu verdâtre, en rouge jaunâtre, semblaient partager son insouciance et formaient une communauté. Certaines, déjà bien effrontées, semblant toujours à l'aise, sûres d'elles, semblaient en connaître bien long sur ce qu'on avait le droit de faire et sur les limites à ne pas dépasser. Elles étaient sans doute nées bien avant elle. Elles lui expliquèrent comment on choisissait les proies et lui montrèrent comment les attraper sans s'arrêter lorsque son vol serait tout à fait assuré. Elles lui suggérèrent aussi bien d'autres choses qu'elle pourrait faire en volant. Mais elle ne comprit pas très bien de quoi il s'agissait et en guise de détails plus précis on lui rétorqua que cela viendrait tout seul. Il suffisait d'attendre un peu. Et surtout on lui fit bien comprendre qu'elle avait de la chance d'appartenir à une grande et belle famille, à un clan structuré, avec ses codes et ses moyens de protection. On allait l'initier, elle pourrait toujours demander conseil, demander même de l'aide car on vivait en milieu hostile, magnifique mais hostile, et il fallait être constamment sur ses gardes. Les prédateurs, lui dit-on, sont partout et arrivent toujours par surprise. Et plus on est belle, plus ils sont attirés.

Elle remarqua bientôt que dans cette famille si apparemment unie cohabitaient deux sortes de personnages tout aussi bleus mais bien différents.

– Ce sont les garçons, lui dirent ses compagnes. Tu verras, ils ne tarderont pas à te tourner autour !

C'est bien ce qui eut lieu, et Zigo trouva cela bien agréable. Cependant à mesure que les jours passaient, ils devenaient de plus en plus entreprenants, trop à son goût. Elle les repoussa poliment. Elle se sentait bien jeune pour participer à leurs jeux. Elle n'en éprouvait aucune envie. Elle se contenta de regarder faire ses aînées dans l'indifférence. Plus tard peut-être.

*

Un jour, poursuivie par ces deux garçons qui n'acceptaient pas ses refus répétés, désorientée, inquiète, elle vola dans tous les sens et s'éloigna beaucoup trop de l'étang. Au bout d'un long trajet désordonné, sentant la fatigue, elle se retourna et voulut revenir. Les poursuivants avaient disparu mais l'étang n'était plus en vue. Loin devant elle se profilait un lac immense dont l'eau, loin de la rive, se confondait avec le ciel. Il existait donc d'autres miroirs bien plus grands et plus beaux que le sien ? Elle en fut surprise mais un début d'inquiétude lui traversa bientôt l'esprit quand elle s'aperçut que la rive n'était pas naturelle. Une sorte de tapis d'herbe rase d'un vert tendre peu commun, peu naturel, arrivait jusqu'à l'eau et aucune fleur ne poussait sur ce tapis, même pas les timides violettes qui pourtant demandaient si peu d'espace pour diffuser leur parfum.

Il y avait là des gens presque immobiles qui se regardaient en silence. Parfois l'un d'eux faisait partir une petite balle blanche au loin, d'un grand coup de bâton. Lorsque la balle tombait par hasard dans un trou tous s'exclamaient, certains applaudissaient et allaient vérifier si la balle était encore au fond du trou. Alors ils la sortaient et la montraient aux autres.

D'autres restaient assis sous de grands parapluies multicolores bien que le ciel fût entièrement bleu et le soleil très chaud. Zigo s'approcha dans l'indifférence totale, aucun ne tourna la tête comme si elle n'existait pas. Une petite couleur bleue qui voltigeait dans l'air n'intéressait personne. Tout était si différent ici ! Il était temps de revenir à l'étang. C'est là qu'elle vivait, c'est là que l'attendaient les autres, ses cousins, ses cousines. Elle tourna deux fois au-dessus de la pelouse, se souvint qu'à l'aller le soleil était resté derrière elle. Il était maintenant très rouge et très bas, et lui montrait le chemin sans l'éblouir, elle ne pouvait pas se tromper. C'était sa première grande évasion. Elle avait bien conscience d'avoir été trop loin, d'avoir dépassé les limites raisonnables mais sa crainte s'apaisa d'un coup en apercevant au loin les peupliers qui bordaient son étang. L'un d'eux était un peu penché, elle le reconnut facilement. C'était le phare qui lui indiquait la bonne route.

Alors, quand elle fut au début de la grande plaine, séparée en deux par le ruisseau qu'elle avait suivi à l'aller, sachant qu'elle ne pouvait plus se perdre, voyant toujours son phare à l'horizon, elle décida de faire une pause et de se reposer. La nuit était encore bien loin, elle pouvait se le permettre. Elle s'arrêta sur une fleur pour reprendre des forces.

Ce qu'elle ne savait pas c'est que ce champ, parsemé de grosses marguerites jaunes dont la couleur s'harmonisait si bien avec sa robe, était l'espace de prédilection de Anigo.

Anigo était le descendant d'une famille riche de libellules. Elles s'étaient installées depuis des générations là où le ruisseau s'élargissait en une mare d'eau toujours transparente dans laquelle poussaient quelques iris sauvages. Le courant était toujours vif dans ce ruisseau et au centre de la mare il se créait en permanence un tourbillon presque parfait.

Anigo aimait longer le lit du ruisseau toujours à toute vitesse sans dévier de la ligne médiane, au ras de l'eau qui frémissait sous lui. Il aimait parcourir de longues distances, comme s'il faisait une course, comme s'il était pressé d'arriver quelque part, puis s'arrêtait brusquement un instant et refaisait le chemin en sens inverse toujours avec le même entrain.

 Il voulait sans doute épater les autres mais personne ne semblait vouloir le suivre ni même le regarder passer. Pourquoi s'attarder à suivre un éclair qui de toute façon ne se serait pas arrêté ?

Après tout, il ne voulait peut-être séduire personne et ne cherchait que le plaisir de se sentir puissant.

Sa dernière ligne droite le conduisit, sans l'avoir cherché, tout près de Zigo. Quelques grosses fleurs seulement les séparaient. Le fort mouvement d'air qu'il provoqua en s'arrêtant brusquement fit balancer la marguerite sur laquelle elle se reposait et ils se regardèrent étonnés d'être si près l'un de l'autre, comme s'il avait failli provoquer un accident, ou comme si une puissance supérieure les avait placés là pour qu'ils fassent connaissance sans même leur demander leur avis.

Au lieu de repartir dans un bruissement d'ailes, ce qu'il faisait toujours, il replia ses ailes horizontalement et s'immobilisa. Il suivit des yeux Zigo sur sa longue tige flexible comme pour vérifier qu'elle n'était pas tombée à cause de lui, qu'elle n'avait pas eu peur, qu'elle ne le trouvait pas imbu de lui-même et mal élevé. Il ne dit pas un mot, ne demanda pas si elle avait eu peur, et en guise d'excuses il lui sourit.

Maintenant que le balancement avait cessé, Zigo le regardait un peu frémissante, elle si frêle devant ce garçon si grand, si beau, si majestueux que le hasard lui avait apporté comme sur un plateau. Elle aurait voulu ouvrir ses ailes et s'envoler, faire quelques sauts désordonnés, comme elle faisait toujours, et se poser en riant sur la fleur voisine mais elle ne pouvait pas, elle attendait quelque chose de lui, quelque chose qui se faisait attendre, qu'elle ne connaissait pas et qu'elle ne pouvait pas expliquer.

Alors, pour la première fois de sa vie, Anigo garda ses ailes repliées, il resta immobile longtemps comme un séducteur qui, découvrant quelque chose qu'il ne soupçonnait pas, aurait jeté les clés de son bolide de sport dans le ruisseau en se disant qu'il n'en aurait plus besoin.

Tout cela dura-t-il longtemps ?
Le temps qu'il faut pour que tout bascule, pour que tout le reste devienne secondaire, pour que quelque chose naisse à partir de rien et les oblige à se préparer à un grand chambardement.

*

Pendant quelques jours, ils se voyaient en cachette. Anigo faisait la plus grande partie du chemin à grande vitesse avec toute la puissance d'un engin de sport. Personne de chez lui ne le suivait, ne prêtait attention à ses escapades. Il en avait fait tellement d'escapades ! C'était devenu banal.

Il n'allait sans doute nulle part, volant au hasard, toujours à la recherche d'une bonne rencontre, pensaient-ils.

Il attendait Zigo dans un joli endroit un peu surélevé, bien caché, qu'ils avaient choisi ensemble, d'où on apercevait l'étang entre les branches basses des arbres. Elle y tenait, cela la rassurait. Elle n'aimait pas s'éloigner de son miroir car elle ne volait pas très bien et de façon désordonnée de fleur en fleur par des petits sauts tout au plus. Il aimait la voir s'approcher en zigzag, deux vols en avant et un en arrière pour détourner l'attention. Elle ne se trompait pas. Elle savait bien qu'il l'attendait là et qu'il s'impatientait.

Ce jour-là il faisait tellement beau, aucun souffle de vent ne venait dissiper le parfum que les fleurs répandaient autour d'elles. Zigo était-elle plus pressée encore que d'habitude de retrouver son amoureux ? Manqua-t-elle de prudence ? Alla-t-elle trop vite droit vers lui sans zigzaguer, sans s'apercevoir qu'on l'observait ? Car chez les demoiselles, il suffisait de ne pas zigzaguer pour se faire remarquer. Le fait est qu'elle intrigua l'un de ceux qui l'avait poursuivie plusieurs fois sans succès. Il la suivit, se fit discret et observa longtemps ce qui ne le concernait pas.

Enfin on la tenait. Elle allait regretter l'indifférence, voire le mépris affiché envers ceux qui la désiraient. Il n'y aurait pas d'excuses valables. Rien n'atténuerait sa faute. Elle allait écoper du maximum. Quel scandale en perspective, quel spectacle, quel plaisir, quelle vengeance, quelle chance il avait eue. Mais quel grand esprit d'observation aussi. C'était totalement inespéré. Comme il était perspicace cet homme-là ! Il se sentait le héros du jour. Avec fierté il rapporta aussitôt la chose à sa cousine, l'aînée, celle qui prétendait être le garant de la bienséance de la tribu. On l'appelait « la grande cousine ». C'est elle qui prévenait toute initiative malheureuse et empêchait tout débordement risquant de mettre en péril la pureté de la race.

Elle intervenait dans les moindres détails. Elle avait interdit le moindre écart dans la façon de s'habiller. Aucune couleur blasphématoire n'était permise : le bleu oui, le plus foncé possible, tirant si possible vers le mauve, ainsi que le rose à condition de ne pas être saturé, qu'il tire sur le marron délavé et laisse filtrer la lumière à travers les ailes. Elle conseillait, ordonnait, se faisait obéir et au besoin réprimait. Elle était de fait une sorte de ministre de l'intérieur chargé de faire respecter des codes ancestraux. Elle s'était approprié également le titre de ministre des cultes sans que personne n'ait trouvé à redire.

Il est vrai que dans une société un peu « fofolle » comme celle des demoiselles, il fallait un minimum d'organisation car le charme débordant de chacune d'elles, leur désir d'originalité, leurs déplacements à la fois imprévisibles et toujours désordonnés s'accommodaient bien mal de la moindre contrainte. Sans même s'en douter, elles étaient indisciplinées de naissance. Il fallait donc une veille permanente. Mais la crainte de voir la grande cousine froncer les sourcils suffisait généralement à maintenir tout ce beau monde dans les règles et il était bien rare qu'elle soit obligée d'élever la voix.

Comme dans toute société, elle avait ses aides toujours totalement bénévoles, sinon désintéressés, agissant en silence, en sous-main, puisque certains et aussi certaines se sentaient obligés de signaler les abus à la règle communautaire et de dénoncer le moindre comportement qui leur semblait suspect. On dénonçait tout ce qu'on n'aurait pas osé faire soi-même et c'était à la grande cousine de faire la part des choses, de trier et éventuellement de trancher. Elle les remerciait toujours mais lorsqu'il s'agissait de pure médisance elle n'en tenait aucun compte sans le leur dire pour ne pas les décourager.

*

Lorsque Zigo arriva au bord de l'étang, toute rêveuse et folle de bonheur, elle se pencha sur son miroir d'eau pour s'assurer, comme si besoin était, que toute la joie qu'elle éprouvait était inscrite sur son visage. Mais ce qu'elle vit l'effraya car en arrière plan il y avait la tête du ministre autoproclamé avec sa sinistre face ridée des mauvais jours et le regard hargneux des très mauvais jours.

— Es-tu devenue complètement folle ? Veux-tu déshonorer toute la famille ?

Zigo eut à peine le temps de se retourner. Elle reçut ces phrases comme des gifles. On savait donc tout. On l'avait vue, on les avait vus. Qui ? La grande cousine ? Quelqu'un d'autre ? Elle ne dit pas un mot, s'arma pour affronter l'orage et attendit la suite.

Déjà toutes les autres s'étaient regroupés derrière la grande cousine. Ceux qui savaient, car la nouvelle était allée plus vite que le vent, cherchaient maintenant à entendre tomber la sentence, mais la grande cousine parlait bas pour éviter que ses propos n'éclaboussent tout l'espace. Peut-être pourrait-on encore limiter les dégâts, éviter le déshonneur. Que s'était-il réellement passé ? Il n'y avait qu'un seul témoin dont elle se méfiait car il avait été éconduit, elle le savait. Il fallait qu'elle sache, qu'elle sache tout. Des détails, des détails.

Pendant ce temps, toute la communauté fixait le visage de Zigo pour y lire les termes de la réprimande. Mais ce fut peine perdue, le visage de Zigo ne témoignait aucune frayeur.

– Que faisais-tu avec ce type qui n'est pas de chez nous ? Qu'est-ce qu'il te voulait ? Que lui-as-tu dit ? C'est un étranger. Tu n'as pas vu que c'était un étranger ? C'est un mâle, du clan des libellules mâles. L'un de ceux qui volent droit devant eux. Un primaire, toujours sur son bolide rapide, toujours à la recherche d'un cœur sensible pour le déshonorer et repartir content de lui. Il t'a touchée ? Dis-moi s'il t'a touchée ! Si c'est le cas, je vais avertir tes cousins.

A cinq ou six il lui feront passer l'envie de t'approcher de nouveau.

Zigo ne répondit pas, ne proclama pas haut et fort qu'il ne l'avait pas touchée mais devant tant de haine envers un inconnu qui n'était pas de la bonne couleur, un désir irrésistible l'envahit, alors elle sut que la prochaine fois qu'elle verrait Anigo elle ne se défendrait pas, au besoin elle ferait le premier pas.

– En attendant, toutes tes cousines te surveilleront de très près. J'y veillerai personnellement. Et puisque tu te sens en âge de courir les garçons, je t'indiquerai, moi, celui qu'il te faut car tu n'as pas assez de jugeote pour faire le bon choix toi-même!

Dans le camp, les rumeurs coururent, on amplifia, on inventa, on s'en donna à cœur joie. Quel plaisir de pouvoir se défouler ainsi, de pouvoir clamer sa vertu haut et fort, de se sentir si loin d'une fille perdue. Était-elle une fille perdue ? Peu importait. Il suffisait de la désigner comme telle. Celles qui s'étaient déjà trouvé un partenaire en profitèrent sans même se cacher et redoublèrent tous leurs ébats jusqu'à épuisement. Ce n'était pas un péché, c'était prévu par le code puisque cela se passait à l'intérieur du clan. Il y avait même des échanges pour voir si c'était mieux. Quelle belle famille, si unie, si homogène, si prête à écraser aussitôt dans l'œuf toute tentative d'intrusion extérieure au clan. A l'intérieur on était en sécurité. Au delà, point de salut.

*

Les jours qui suivirent, Zigo et Anigo ne se revirent pas. Il s'en inquiéta, puis douta. Il passa une partie de la journée à demi caché sous les branches qui les avaient abrités et comme elle ne venait pas, il s'approcha peu à peu de l'étang sans se faire remarquer. Alors il l'aperçut, très entourée de sa garde rapprochée. Contrairement aux autres qui montraient leur insouciance en zigzagant de feuille en feuille, elle avait l'allure hésitante de quelqu'un qui n'a plus envie de rien.

Soudain, poursuivies sans doute par les garçons entreprenants, toute la garde rapprochée s'envola face au soleil. Zigo se retrouva pour la première fois, et pour un instant seulement, seule à quelque distance de ses surveillants. Elle aperçut Anigo, s'approcha, lui parla :

– Ils savent tout, ils ne veulent pas. Ils me surveillent, ils voudraient m'imposer quelqu'un que je connais à peine et qui ne me plaît pas. Il faut être prudents, il faut attendre. Le soir peut-être, mais en plein soleil c'est trop dangereux pour toi. Ils ont promis de se venger.

Anigo sut alors qu'elle l'aimait et rien d'autre ne comptait. Il fallait la sortir de là, l'enlever, l'amener chez lui où elle serait bien reçue et en sécurité, il n'en doutait pas car les siens ne lui avaient jamais rien refusé ni rien imposé.

Il passa des journées entières tout près de l'étang, caché sous une grande feuille, attendant l'occasion, à l'abri des regards hostiles. De là il la voyait. Des demoiselles en robe rose se posaient parfois un instant au dessus de sa cachette. Elles battaient des ailes pour aguicher leur flirt du moment. La feuille oscillait mais ne le découvrait pas.

Une fois, sans savoir qui se cachait dessous, Zigo s'y posa aussi. Ce fut la grande et belle surprise et tout recommença sous le nez des autres qui ne se doutaient de rien. Personne ne remarqua qu'elle s'attardait davantage ici. Et comme elle ne rayonnait pas la joie de vivre, ne volait que rarement et ne battait pas des ailes comme les autres, son comportement sur cette feuille banale leur parut dans l'ordre des choses. Du moment qu'elles ne la perdaient pas de vue, tout allait bien.

Sans savoir quelle avait été, en fin de compte, la punition de son incartade, ils pensaient tous que l'envie de recommencer lui avait passé.

*

L'accident eut lieu en fin de journée. Zigo et Anigo rêvaient d'un projet féerique, en plein bonheur. Un couple de demoiselles bleues, las de batifoler dans l'air chaud du soir, voulut se reposer sur la feuille la plus proche. Elle était déjà occupée par Zigo ? Qu'importe. Il y avait bien de la place pour trois. Elle se pousserait bien un peu. Elle était si peu encombrante.

L'arrivée fut brutale et la feuille s'inclina entraînant avec elle Zigo et découvrant son amoureux.

Quelle belle aubaine pour le couple d'amoureux, ils allaient être les héros de la soirée. Ils auraient les félicitations de la grande cousine. Ils pourraient regarder bien en face Zigo subissant les foudres de l'autorité. Quel spectacle de voir punir quelqu'un pour un crime aussi grave quand on croit n'avoir rien à se reprocher. Ils se considéraient déjà comme des auxiliaires de justice. De simples témoins ? Non, pas seulement ! Ils demanderaient à faire partie du jury. Ce jury récemment créé pour la forme, qui n'avait jamais siégé. Ils auraient les meilleures places, juste devant, au premier rang pour bien voir comment elle réagirait. Elle nierait peut-être dans un premier temps mais ils étaient deux à avoir vu, à témoigner devant tout le clan.

Elle serait bien obligée d'avouer. Elle récidivait. C'était une récidiviste. Quelle honte !

*

Tous s'attendaient à ce qu'elle baisse la tête, qu'elle regarde par terre, qu'elle pleure et demande pardon en promettant de ne pas recommencer. Mais c'était très mal la connaître.

Zigo se redressa. Elle replia bien droites ses ailes bleues magnifiques, regarda toute l'assistance avec une assurance qu'on ne lui connaissait pas et prononça haut et fort le serment qu'elle avait fait à Anigo :

« Je l'aime et je veux l'épouser.»

Ce fut l'affront suprême. On n'avait jamais vu cela. C'était inconcevable qu'une demoiselle puisse tenir de tels propos.

Il n'était plus question de la raisonner ni d'essayer de comprendre. Il n'y avait rien à comprendre. Tout serait rejeté en bloc. Ce fut un déluge d'invectives. On déversa sur la famille d'Anigo tous les défauts que la nature avait crées depuis l'époque la plus reculée. Chacun avait une tare à proposer et citait un exemple qu'il venait d'inventer. On entendait de tous les côtés des phrases commençant par « Il paraît que...» Après cela Anigo ne pouvait être que mauvais, foncièrement mauvais, puisque c'était dans les gènes. Il n'y était pour rien, peut-être, mais ils étaient tous pareils, ils ne sont pas comme nous. Pourquoi serait-il différent ? Oui, pourquoi ? Qu'il reste avec les siens, on n'a pas besoin de lui.

Et soudain l'orage cessa et un long silence inattendu vint surprendre les plus excités et s'installa dans l'assemblée. Avait-on épuisé toutes les munitions, n'avait-on plus rien à dire ?

Zigo qui avait supporté tout cela sans essayer d'endiguer le flot qui tentait de la submerger ressentait durement les coups de tonnerre qui s'abattaient sur elle. Cette pause inespérée lui permit de se ressaisir. Elle se dressa, puis respira profondément et d'une voix assurée rompit le silence.

– Je n'entends de votre part que des banalités mensongères, des « on-dit », des inventions malveillantes, de la bêtise pure. Quelqu'un pourrait-il me dire clairement ce que vous lui reprochez ?

– Ce que lui le reprochons ? Mais tout ! C'est un mécréant.

– Ce n'est pas vrai. Il est croyant et prie comme nous.

La grande cousine se souvint alors qu'elle était aussi ministre des cultes. Il fallait montrer qu'elle en savait bien long à ce sujet, qu'elle connaissait à fond tous les dogmes. Il ne lui était jamais venu à l'idée de se faire attribuer le titre de docteur en théologie, mais du moment que l'occasion l'exigeait...

Elle se leva et lança d'une voix forte qui n'admettait aucune nuance :

— Il prie peut-être mais il ne prie pas le vrai Dieu. Il implore une divinité qui veut nous détruire.

Voilà ce que savait la grande cousine, qu'il y avait un Dieu bienfaiteur et des divinités malfaisantes. C'était l'argument suprême, le dogme avec lequel on ne transige pas.

—Mais c'est le même Dieu que le nôtre, ils l'appellent autrement, c'est tout.

— Ils l'appellent autrement ! Est-ce que tu crois que notre Dieu, le vrai, l'unique, acceptera que l'on puisse l'appeler « autrement » et supporte sans broncher de recevoir plusieurs noms au gré de la fantaisie de chacun? Est-ce que tu voudrais, toi, que l'on t'appelle par plusieurs noms? Mets-toi bien dans la tête que de Dieu il n'y en a qu'un, c'est le nôtre. Tous ceux qui se font appeler Dieu ne sont pas Dieu. Leur nom n'est qu'un homonyme, ce sont des divinités inventées par n'importe qui, usurpatrices d'identité. Le nom ne compte pas. C'est le prénom qui compte, c'est lui qui prend une majuscule ; c'est lui qui permet de les différencier. C'est pour le prénom que nous sommes prêts à nous battre, à faire la guerre et à mourir s'il le souhaite. Le prénom suffit, d'ailleurs nous ne l'appelons que par son prénom car son nom a été tellement galvaudé par des mécréants de toutes sortes qu'il est devenu commun. Dans certains pays il y a un dieu dans chaque quartier. Malgré tous leurs efforts d'imagination, ils ne diffèrent que par des détails insignifiants. Il suffit de quelques planches en bois peintes en blanc pour lui attribuer une maison et tout le quartier y va et ils chantent sans savoir si le dieu du quartier aime la musique. Mais ces dieux-là n'ont pas de prénom ! Ce ne sont pas des dieux ce ne sont rien du tout. Que des mots.

Les cousins de Zigo furent ravis après tout ce qu'ils venaient d'entendre. Ils se regardèrent en opinant. Ils n'avaient jamais fait le rapprochement entre leur prénom et celui de Dieu. Et maintenant que tout était devenu clair dans leur esprit ils se sentirent un peu plus que des êtres vivants ordinaires, des intermédiaires entre le ciel et la terre, des demi-dieux en quelque sorte.

Quant aux cousines, certaines portaient le prénom de l'épouse du Dieu. Elles aussi se croyaient bien plus que de simples demoiselles puisqu'elles avaient été élues du ciel. Elles se sentirent outragées par les propos de Zigo. Elles attendaient le châtiment.

Comment une fille de leur clan pouvait-elle renier tout cela et prétendre à elle toute seule modifier l'immobilité immuable de l'univers ?

Il fallait la ramener sur le droit chemin. Si les arguments persuasifs ne suffisaient pas, il faudrait employer la force.

C'était la première fois que des solutions si extrêmes étaient évoquées. Comme il n'y avait pas eu de précédent, on ne pouvait pas faire preuve de laxisme car d'autres cas risquaient d'apparaître et la situation deviendrait incontrôlable. Les imaginations cherchaient déjà les différents châtiments possibles. Les cousines, sans se concerter, penchaient plutôt pour une mutilation. Si on leur demandait leur avis, c'est ce qu'elles proposeraient « pour lui faire passer l'envie de recommencer », disaient-elles à voix basse.

Les cousins pensaient lui faire passer l'envie autrement mais ne disaient rien, chacun se persuadait de l'impunité qui suivrait la solution envisagée, voire même des encouragements plus ou moins voilés de la part du clan tout entier. De toute façon, chacun aurait sa part. Mais chacun essayerait d'être le premier.

La grande cousine n'était pas disposée à déléguer son pouvoir ni même à partager ses prérogatives avec le reste du clan. Elle déciderait et agirait seule. Elle n'aimait pas les spectacles. Elle aurait préféré que quelqu'un épouse Zigo et se débrouille avec elle. « Ce qu'il en fera après le mariage, je m'en lave les ailes », se dit-elle. Mais personne ne voulut d'un tel mariage. Même le plus vilain, le plus tordu, celui dont personne ne voulait, évoqua l'honneur d'un côté, le déshonneur de l'autre et refusa l'offre.

Les belles cousines approuvèrent la morale du vilain. Elles applaudirent à ses propos si virils mais cela ne diminua pas la répulsion qu'elles éprouvaient envers lui. Aucune ne se proposa pour lui faire croire qu'il était beau.

Pendant des jours et des jours la grande cousine ne quitta pas Zigo d'un battement d'aile. Le jugement avait eu lieu mais la sentence n'était pas encore tombée.

On ordonna aux autres de veiller, d'agir en sentinelles, et d'empêcher tout intrus de s'approcher du camp. Et Zigo se retrouva ainsi prisonnière sans savoir quel sort lui serait finalement réservé.

*

Anigo ne connaissait pas le sort réservé à celle qu'il aimait mais il se doutait de sa détresse. Du moment qu'il en était responsable, il se devait d'agir et la sortir de ce mauvais pas.

La première idée qui lui vint à l'esprit fut d'exposer les faits à ceux de son clan. Lui non plus n'avait pas connu ses parents, morts l'hiver précédent comme ceux de Zigo mais il avait autour de lui beaucoup d'amis dont certains à juste titre pouvaient prétendre être des cousins ou même ses frères. Il s'était toujours parfaitement entendu avec eux, il était un peu leur modèle. Ils comprendraient, ils l'aideraient, ils accueilleraient Zigo parmi eux , il n'en doutait pas, sa demande ne serait qu'une formalité.

Sa désillusion fut à la hauteur de ses espoirs.

– Comment ? Tu t'es amouraché d'une demoiselle ? D'une créature aussi futile, sans cervelle, tu as vu comment ils volent ces gens-là, garçons et filles, tout en zigzag. Tous des dégénérés. As-tu vu cette façon provocante qu'elles ont, les filles là-bas, de toujours replier leurs ailes verticalement en découvrant leur corps, au lieu de le faire bien à plat modestement comme le font les filles de chez nous ?

Quelle honte quel manque de pudeur, quelle absence de dignité ! Que feras-tu avec une épouse pareille ? Exposée toute la journée au regard des hommes et en même temps détestée par toutes nos femmes qui se sentiront offensées. Quel spectacle tu voudrais nous offrir !

Prie-t-elle au moins ? Je suppose que non. Elle n'a pas le temps, on ne peut pas tout faire, soulever ses ailes le plus haut possible et prier. A-t-elle seulement entendu parler de Dieu ?

Anigo avait souvent évoqué la question avec Zigo. C'est elle qui revenait souvent sur le sujet. Ils avaient été surpris et émerveillés que le Dieu du clan des libellules porte le même nom que celui des demoiselles, seul le prénom changeait. Mais qu'importait le prénom ? Personne ne choisit son prénom. Loin d'être un sujet de désaccord ils en étaient arrivés à considérer que leur spiritualité avait beaucoup d'éléments communs. Seule la forme variait car elle devait être en harmonie avec leur environnement.

Anigo fut effaré de les entendre parler ainsi. Mettre en avant la modestie et la pudeur des filles de son clan l'aurait fait sourire en d'autres circonstances car il savait, lui, mieux que d'autres, ce qu'il en était. Quant aux prières, il n'était pas totalement persuadé de leur efficacité.

– Les demoiselles ne prient pas Dieu de la même façon que nous. Mais cela ne les empêche pas d'être croyantes.

– Comme s'il y avait plusieurs façons de prier Dieu. Il n'y en a qu'une et c'est la nôtre, celle de nos parents, de nos arrière-grands-parents, de nos ancêtres depuis que le monde existe.

— Nos arrière-grands-parents nous ne les avons pas connus. Nous ne savons pas comment ils priaient et si même ils priaient.

— Comment en es-tu arrivé à mépriser nos ancêtres pour plaire à une demoiselle que tu connais à peine ? Elle n'est pas de notre race, elle n'est même pas de la même couleur. Ce bleu à reflets violets outranciers de ses ailes nous fait mal aux yeux, bien que de loin il puisse paraître séduisant. Jamais nous n'accepterons cette fille parmi nous. Elle ne fera pas partie du clan. Si tu as vraiment l'intention de nous déshonorer, on préférerait que tu t'en ailles, que tu nous quittes à jamais plutôt que de la voir arriver parmi nous.

— Je vois que vous semblez bien connaître la couleur des robes des demoiselles. Je ne pensais pas que vous les aviez observées avec autant d'intérêt. Êtes-vous bien sûrs qu'elles vous sont indifférentes ?

— On peut trouver joli un objet sans vouloir l'épouser. De loin on ne voit que la couleur. Il n'est pas interdit d'aimer une couleur plutôt qu'une autre. On peut aimer certaines fleurs et pas d'autres.

— En somme ce n'est qu'une question de couleur, ou peut-être de taille ?

Il aurait voulu qu'ils s'expliquent, qu'ils livrent leur pensée profonde. Mais il les vit se renfermer sur eux-mêmes, s'entourer d'un silence protecteur. Comme un grand bouclier qui les cachait tous et les rendait ainsi imperméables à toute argumentation venant de lui.

– Nous n'avons pas à nous justifier comme si nous étions demandeurs. Non, c'est non ! Cela suffit.

Anigo vit qu'il était inutile d'insister, qu'on ne change pas les idées fixes reçues en héritage. Alors en les regardant bien en face, il les trouva très différents de l'idée qu'il s'en faisait. Il ne se reconnaissait plus dans leur communauté. Les filles, qui lui avaient semblé si attirantes quelques jours avant, lui paraissaient subitement fades et insignifiantes. Le grand silence qui suivit les derniers propos de ses frères fit basculer sa vie. Il eut l'impression de ne pouvoir plus compter sur personne et un sentiment de solitude s'empara de lui. Il les regarda tous sans bouger, sans un geste inutile. Crurent-ils qu'ils l'avaient convaincu, allait-il rentrer dans le rang et regretter la folie qui avait failli le perdre ? Ils attendaient un mot de lui, un signe de tête, cela les aurait rassurés mais rien ne vint. Anigo n'avait plus de famille, plus d'amis, plus de territoire sécurisé où passer ses journées. Aucune des filles qui, la veille encore, battaient des ailes en le voyant passer, ne fit le moindre pas pour s'approcher de lui comme s'il risquait de les salir en les frôlant. Alors il se retourna, prit son vol puissant et rectiligne et disparut. Mais cette fois devant lui ne se dressait que l'immensité de l'inconnu.

Aucun de ses frères, aucun de ses cousins ne tenta de le suivre ni ne se tourna dans la direction de son envol. Anigo venait de mourir pour eux, victime d'un prédateur.

Et même si un jour, dans longtemps, il revenait déçu et chargé de remords, il lui resterait une tache indélébile car il avait, en toute connaissance de cause, trahi son camp.

*

Anigo vivait seul au bord d'un ruisseau. Ce ruisseau alimentait l'étang qui avait vu naître Zigo. De là il ne pouvait pas la voir car la végétation était haute et comme cette rive était toujours à l'ombre, elle n'était pas fréquentée par le clan des demoiselles.

Le filet d'eau claire était le seul lien entre eux, bien qu'elle l'ignorât, et cela le faisait rêver jour après jour car le temps passait et déjà il apercevait au sommet des peupliers quelques feuilles jaunies.

Au début cela avait été traumatisant de rompre avec les siens. Il en avait été malade, aigri contre le monde entier avec ses traditions archaïques empêchant tout épanouissement. Peu à peu il avait appris à vivre en ne pensant qu'à Zigo et à mesure que les jours s'écoulaient, maintenant qu'il n'avait plus besoin du clan, l'idée de la revoir, de l'enlever, de vivre avec elle loin de toute contrainte, occupait totalement son esprit et lorsqu'il n'y tint plus, il organisa l'enlèvement.

L'entreprise était risquée non pas pour lui car il était suffisamment puissant pour venir à bout de quelques damoiseaux plus habiles en délation qu'en combat singulier. Mais s'il était découvert, Zigo en subirait certainement les conséquences : on allait encore restreindre le peu de liberté qui lui restait. S'il apparaissait alors brusquement devant Zigo en faisant trembler les fleurs autour d'elle pour surprendre et effrayer un instant ses surveillantes, se mettrait-elle aussitôt sous sa protection, allait-elle hésiter, être paralysée par la surprise ?

Toutes ces questions le tourmentaient mais ne diminuaient pas son désir de réussir.

Quand tout fut prêt, une fois l'endroit bien repéré, les habitudes du clan bien comprises et Zigo bien localisée, il agit.

Cela ne demanda que quelques secondes. Elle n'eut pas le temps de dire un mot. Il fit comme si elle avait dit « oui ». Et ce fut un envol majestueux d'une modeste aile volante toute colorée en bleu protégée par un chasseur rapide et puissamment armé qui, tantôt à sa droite, tantôt à sa gauche, lui assurait une sécurité absolue.

Zigo dut se reposer plusieurs fois avant d'arriver dans le jardin lointain qu'il avait déjà repéré. Mais il était sur ses gardes prêt à décoller au moindre bruissement d'ailes hostiles. Personne n'osa s'approcher et il ne faisait pas encore nuit quand ils arrivèrent chez eux.

Il lui fallut du temps pour réaliser si le rêve était devenu réalité. Elle le toucha, c'était bien lui, elle se pinça : c'était bien la réalité.

Avant de replier ses ailes et de s'assoupir auprès de lui, elle eut juste le temps de murmurer une simple phrase : « J'avais perdu tout espoir.»

Ils vécurent leur amour loin de tout. Ils se marièrent tout seuls sans témoins sans cérémonie ni banquet ni registre à signer. Que leur manquait-il ? Rien, ils avaient tout sauf le reste du monde qui les avait rejetés et auquel chacun des deux pensait parfois à sa façon sans en parler à l'autre.

Zigo fut la première à sentir les effets du temps qui passe.

Le matin surtout, au réveil. Elle comprit qu'on avait changé de saison. Alors avec une infinie tendresse elle lui demanda :

– As-tu remarqué comme le soleil tarde à se lever de plus en plus tard chaque matin ? As-tu observé comme il met longtemps maintenant à dissiper la rosée de la nuit ? Cela s'appelle l'automne ; nous n'y pouvons rien, c'est une loi de la nature. Tu as vu comme j'ai mal quand je déploie mes ailes pour aller de fleur en fleur ? Pendant longtemps j'ai nié, j'ai trouvé des raisons mais ce n'était que des excuses. Je ne pourrai plus faire de grands voyages pour goûter des parfums qui ne sont pas d'ici. Je vis dans les souvenirs des horizons que tu m'as fait connaître.

Et comme il l'écoutait dans un silence grave, ne trouvant pas les mots qu'il fallait pour atténuer ses craintes et avant qu'il ne l'interrompe elle ajouta :

– Moi, je partirai à la première gelée. Toi, tu es bien plus vigoureux, il en faudra plusieurs pour te vaincre. Quand viendra-t-elle la première gelée ? Nous n'en savons rien. Personne ne connaît la date de son départ.

– C'est cela qui te rend triste depuis quelques jours ?

– Non, je me suis fait une raison à ce fait inéluctable. Ce qui me fait de la peine, c'est de ne pas avoir de descendants.

– C'est parce que nous avons pris de l'âge, il a fallu attendre si longtemps, si longtemps, avant de pouvoir y songer. Il était déjà trop tard. Ils ont tout de même réussi à nous punir. Nous avons eu le monde entier contre nous. Le monde tel qu'il est ne supporte pas qu'on aille contre sa volonté même lorsqu'elle est inique.

– Ne crois pas que leur pouvoir maléfique a fini par nous rattraper. Je sais depuis longtemps qu'il ne suffit pas de s'aimer pour avoir des enfants. La nature n'a pas prévu l'amour entre une libellule et une demoiselle. Ce que nous avons bâti disparaîtra avec nous mais je ne regrette rien, je suis seulement un peu triste. Peut-être qu'un jour, dans bien longtemps, sans avertir personne, la nature évoluera. Ceux de ton clan deviendront moins sectaires ; de mon côté, les filles ne supporteront plus d'être asservies. Alors un autre couple, comme nous, qui aura beaucoup lutté pour imposer ses sentiments au reste du monde deviendra éternel.